ALBINO

Phil Andros

Bettgeflüster

Aus dem Amerikanischen von
Martin Rometsch

ALBINO

Die Originalausgabe erschien
unter dem Titel
Different Strokes
bei Alyson Publications, Boston

1. Auflage 1999

Herausgeber: Gerhard Hoffmann
Albino ist ein Imprint der
Bruno Gmünder Verlag GmbH, Berlin
Different Strokes

Umschlagbild: Tom of Finland
Mit freundlicher Genehmigung
der Tom of Finland Foundation,
P. O. Box 26658, Los Angeles,
CA 90026, USA
Druck: Clausen & Bosse, Leck
Printed in Germany
ISBN 3-86187-518-7

Bettgeflüster

FÜR
IKE & JIM & DIE DREI MISTKERLE

Liebe Leser, viele dieser Abenteuer erlebte ich, bevor es
AIDS gab. Die Zeiten haben sich geändert.
Bitte befolgt meinen Rat und praktiziert »Safer Sex«.
Das Leben, das Ihr rettet, ist Euer eigenes.

Phil Andros

INHALT

VORBEMERKUNG *11*

DER FELDWEBEL MIT DER TÄTOWIERTEN ROSE *15*

DIE ÖKONOMEN *28*

DAS HAUS AN DER RUE ERLANGER *38*

DER MOTORRADFAHRER *54*

DSCHUNGELKATZE *68*

TIGERBABY *78*

DER TÄTOWIERTE HARFENSPIELER *100*

MISSION IN KUBA *114*

DER QUEUE *134*

ANATOMIE EINES FIASKOS *146*

AUF ANDROS ISLAND *157*

ECCO NARCISSUS! *172*

VORBEMERKUNG

Wie beschreibt man eine romantische Affäre oder ein Flötensolo, ohne die Dinge beim Namen zu nennen? Tja, werfen Sie mal einen Blick in die Geschichten aus der »guten alten Zeit«, die in diesem Buch enthalten sind – dann wissen Sie's. Die dunkle, geheime Welt, in der die amerikanischen Homosexuellen in den fünfziger und sechziger Jahren lebten, wurde nur einmal erhellt, und zwar 1948 durch Kinsey. Damals mußten Schwule entweder Selbstmord begehen oder im Elend landen, und die Autoren hatten sich danach zu richten – denn nur so, glaubten die Verleger, ließen sich die Bücher verkaufen.

In Zeitschriften kamen Schwule so gut wie gar nicht vor. Gelegentlich wurde eine Geschichte gedruckt, die vom heterosexuellen Klischee abwich; doch vor 1952, als die Zeitschrift *One* in Amerika zum erstenmal erschien, gab es kein existenzfähiges Magazin für Schwule.

In Europa war es ein wenig anders. In Zürich begann *Der Kreis* zu florieren, eine dünne Zeitschrift mit deutschen und französischen Texten. Einige Jahre später kam ein englischer Teil hinzu. Diejenigen von uns, die sich beschwatzen ließen, für dieses Blatt zu schreiben (ohne Lohn in Franken, Mark oder Dollar), waren sehr klein an der Zahl – ein paar in Amerika, ein paar in England. Wir waren so wenige, daß jeder sich einige Pseudonyme zulegte, damit »die Sache« bedeutender aussah.

Während ich für den *Kreis* und später für *eos* und *amigo* in Kopenhagen schrieb, benutzte ich zwölf verschiedene Pseudonyme. Die ersten Geschichten dieser Sammlung, mit Ausnahme des »Radfahrers«, schrieb ich meist unter dem Namen

Ward Stames – ein Anagramm meines richtigen Namens. Wenn die folgenden bibliographischen Angaben Sie nicht interessieren, blättern Sie bitte einfach weiter.
Der Feldwebel mit der tätowierten Rose. *Der Kreis.* März 1960, und *eos*, 1961.
Die Ökonomen(Originaltitel: The Bargain Hunters). *Der Kreis*, August 1960.
Das Haus an der Rue Erlanger. *Der Kreis*, Mai 1964.
Dschungelkatze. *Der Kreis*, Juni 1962.
Babytiger (ursprünglich gefolgt von *Little Lamb, Who Made Thee?*; hier sind beide verschmolzen). *eos*, Juni/Juli 1963, *amigo*, 1963.
Der tätowierte Harfenspieler. *amigo*, 1965, unter dem Namen Phil Andros.
Der Motorradfahrer (zirkulierte in den 50er Jahren als Typoskript und war inspiriert von den erotischen Zeichnungen Neel Bates mit dem Titel *The Barn*) (1948). Wurde später zu sechs zusammenhängenden Geschichten erweitert, und zwar in *The Joy Spot* von Phil Andros, 1969.
Mission in Kuba (erschien ursprünglich in *MANege*, einem kurzlebigen dänischen Ledermagazin, unter dem Titel *Cuba-Ballade*, 1966). Pseudonym: John McAndrews.
Der Queue. *Der Kreis*, September 1967. Ward Stames.
Anatomie eines Fiaskos (ursprünglicher Titel: Revels Ended). *Stallion*, Februar 1983. Phil Andros.
Auf Andros Island. [Advocate's] *Men.* Erste Ausgabe, 1984. Phil Andros.
Ecco Narcissus! *Der Kreis*, September 1959; *Christopher Street*, Juli 1981.

Der Ton dieser frühen Geschichten unterschied sich von dem der älteren. Beim *Kreis* waren nur Händchenhalten, tiefe Seufzer, unerwiderte Leidenschaft, Schmeicheleien und seitenlange schmachtende Blicke erwünscht, aber keine einzige Erektion. Die Geschichten in *eos* und *amigo* waren ein wenig freizügiger, aber immer noch ohne echten Sex. In dieser extrem konservativen Zeit konnten wir nur versuchen, die

Phantasie des Lesers anzuregen, und darauf hoffen, daß seine Hormondrüsen den Rest erledigten. Was wir produzierten, war keine Pornographie, sondern Erotik, eine der reinsten Formen der Unterhaltung, weil der Körper sofort und unmittelbar darauf reagiert. Einige dieser Geschichten lösten vielleicht genau so prompt eine Ejakulation aus wie die wild kreischenden Charaktere in den heutigen Schmierblättern. Obwohl diese Geschichten in der düsteren Zeit nicht *alle* unsere Sehnsüchte befriedigten, halfen sie uns doch, die Samenbläschen zu leeren, die Prostata zu stimulieren und eine Romanze zu wittern, wenn wir den gewölbten Bug des Matrosen sahen, der die Straße entlang ging.

Samuel M. Steward

DER FELDWEBEL MIT DER TÄTOWIERTEN ROSE

Er war fast der erste Kunde in meinem kleinen Laden, der offiziell erst seit drei Stunden geöffnet war. Zögernd kam er durch die Tür und blieb dort stehen. Seine Umrisse zeichneten sich vor der lieblichen, blassen Pariser Dämmerung ab, die einer Perle glich. Das Gesicht hatte er ein wenig seitwärts gedreht, so daß das Rot und Grün und Gelb meiner neuen Leuchtreklame eine Art Heiligenschein um seinen Kopf malten. Seine Uniform war ordentlich gebügelt – das vertraute düstere Khaki der amerikanischen Armee mit den drei Streifen eines Feldwebels am linken Ärmel.

Ich war mehr als erstaunt, denn wenn man in Paris einen Tätowierladen eröffnet, rechnet man irgendwie damit, daß der erste Kunde ein Pariser ist. Es war fast ein Mysterium, wie er den Weg zu mir gefunden hatte – den Montmartre hinauf in die dunkle, schmale Gasse nahe der weißen Kuppel von Sacré Cœur. Ich hängte die letzte meiner Musterkarten auf, drehte mich um und sagte: »Oui?«

In einem schrecklichen, stockenden Pidgin aus Französisch und Englisch sagte er: »Vous – Sie ... äh... *remuer lez tattoos?* «

Ich antwortete in meinem besten Französisch: »Nein, tut mir leid. Sie müssen zu einem plastischen Chirurgen gehen. Alle gefärbten Zellen müssen weg.«

Er sah so komisch verständnislos und kläglich aus, daß ich es nicht über mich brachte, ihn noch länger zu täuschen. »Los, komm rein, Kumpel«, sagte ich auf Englisch, »und reg dich ab. Du hast also ein Problem mit einem Tattoo?«

Er öffnete langsam den Mund und schloß ihn wieder. »Sie – Sie sind Amerikaner«, sagte er fast keuchend, als tue es ihm weh.

»Klar«, sagte ich, »und Sie sind mein erster Kunde.« Ich betrachtete ihn genauer. Zunächst hatte ich gedacht, die letzten Sonnenstrahlen hätten meinen Laden heller gemacht, als er hereingekommen war. Aber ich hatte mich geirrt. Er hatte das Licht mitgebracht: goldenes, kurzgeschnittenes Haar und ein strahlendes Lächeln. Er war ein Destillat aller Studenten und jungen Footballspieler und stämmigen Bauernburschen des mittleren Westens, den ich weit hinter mir zurückgelassen hatte. Und ich spürte, daß ich mich ihm öffnete, wie er sich mir öffnete – ein Landsmann in einem fremden Land.

»Heiliger Strohsack«, sagte er. »Wie sind Sie denn auf die Idee gekommen, hier zu arbeiten – in diesem Laden?«

»Das ist eine lange Geschichte«, erwiderte ich. Das stimmte. Ich wußte kaum, wie ich sie erzählen sollte, und ich verstand sie selbst nicht. Aber ich erinnerte mich daran, daß ich einmal bei Gide gelesen hatte, ein Mann müsse sein Leben mindestens einmal umkrempeln und mit seiner Familie, seiner Denkweise oder wenigstens seinem Zimmer brechen. Ich hatte das zweimal getan – zum erstenmal, als ich meinen Job als Musik- und Theaterkritiker bei einer Zeitung in San Francisco aufgab und meine Freunde schockierte (die meisten erholten sich nie von dem Schlag), indem ich Tätowierer wurde. Zur zweiten – bedeutsameren – Trennung kam es, als ich mein Land verließ. Ich hatte genug von seinem falschen Optimismus, seinem erstickenden Puritanismus, seiner Bigotterie, vor allem aber von seiner Heuchelei, die sich selbst zum Narren machte, indem sie öffentlich leugnete, was nahezu alle Bürger klammheimlich praktizierten. Ich schwor seiner Falschheit ab, lehnte mich gegen seine Geldgier auf und nannte es das einzige Land, das jemals ohne Reifephase von der Jugend in den Verfall übergegangen sei. Dann haute ich ab. Mein erster Antrag auf Einbürgerung in Frankreich zirkulierte bereits in den Ämtern.

»Greifen Sie sich einen Stuhl und setzen Sie sich«, sagte ich, und er tat es. Er bewegte sich anmutig, schwang ein Bein über die Lehne, nahm den Sitz zwischen die Beine und verschränkte die Arme auf der Lehne, die er nun vor sich hatte. Ich sah schlecht gearbeitete Buchstaben auf seinen Fingerknöcheln, sagte aber nichts.

»Sie wollen wissen, warum ich hier bin?« sagte ich. »Na ja, mein Geburtsort vertrug sich nicht mit meiner spirituellen Heimat. Ich habe Amerika und seine Moral nicht gemocht.«

Er dachte einen Augenblick nach. »Ich glaube, ich weiß nicht, wo meine Heimat ist«, sagte er. »Aber sie liegt wohl nicht in Deutschland, wo ich stationiert bin.«

»Was machen Sie dort?« fragte ich.

»Militärpolizei«, sagte er. »Aber ich boxe oft für die Kompanie. Habe sogar ein paar Schaukämpfe gemacht. Wenn ich die Erlaubnis kriege, möchte ich in deutschen Städten ein paar Profikämpfe machen.«

»Ich dachte mir schon, daß Sie Sportler sind.« Seine Schultern waren so breit, daß ich den Kopf ein wenig drehen mußte, um sie beide zu sehen, und seine Hüfte war so schmal, daß er den Gürtel eines Teenagers hätte tragen können. »Was machen Sie in Paris?«

»Hab' 'ne Woche Urlaub«, sagte er. »Ein Kamerad ist mit mir hergefahren. Er hat 'ne Freundin hier und will mit ihr zusammenziehen.«

»Dann sind Sie ja einsam und allein, nicht?« sagte ich.

»Stimmt.« Er betrachtete einen Moment den Boden; dann fiel sein Blick auf seine Hände mit denen er die Lehne umklammert. »Sehen Sie das?« fragte er und streckte die Arme aus. »Das habe ich mit Nadel und Tinte gemacht. Ich wünschte bei Gott, ich hätt's nie getan!«

Ich hatte schon Ähnliches gesehen. Auf den Fingern einer Hand waren die Buchstaben L T F C erkennbar, auf der anderen E S U K. Wenn er die Hände aneinander legte und die Finger verschränkte, konnte man eine obszöne Aufforderung lesen. »Das war eine verrückte Idee«, sagte ich ohne Vorwurf.

»Na ja, damals hielt ich es für lustig«, sagte er reumütig. »Kriegen Sie das weg?«

»Ich arbeite gerade an einer Methode«, sagte ich. »Aber ich bin noch nicht fertig. Zur Zeit kann man nur abschleifen oder Haut transplantieren.«

Wir unterhielten uns eine Stunde lang. Es war, als beschnüffelten wir uns wie zwei Hunde, um herauszufinden, wie freundlich der andere war. Er hieß Buck und kam aus Seattle, wo ein Mädchen auf ihn wartete. Bevor er gegangen war, hatte sie versucht, ihn mit dem ältesten Trick der Frauen einzufangen. »Aber ich glaubte ihr nicht so recht, daß sie schwanger war«, sagte er. Jetzt hörte er kaum noch von ihr – entweder hatte sie sich abgekühlt oder er, das wußte er nicht genau. Seine Eltern hatten sich getrennt. Seine Mutter war Landstreicherin. Er bewunderte seinen Vater, hatte ihn aber irgendwann aus den Augen verloren – er war sozusagen desertiert, als er seine Frau mit einem Matrosen im Bett erwischt hatte.

Ein Tätowierladen ist normalerweise ein netter Ort. Die Intimität der Operation fördert das Vertrauen. In meiner langen, steinigen Laufbahn hatte ich Tausende von jungen Männern gesehen und mir mit der Geduld eines Barkeepers ihre heiteren und traurigen Geschichten, ihre Berichte über Siege und Niederlagen angehört. Aber als ich Buck zuhörte, war ich von seinen Enthüllungen überrascht. Da gab es keine zähe, künstliche Schicht aus Brutalität und Sophisterei abzuschälen – seine absolut echte Reinheit lag direkt unter der Oberfläche. Oh, er war mit ein paar Frauen im Bett gewesen. Aber irgendwie schien er seine attraktive Unberührtheit behalten zu haben. Und da ich ein Romantiker bin (und immer einer war), begann ich meine Wünsche und Ideale auf die Leinwand seiner Jugend und seines Charmes zu projizieren.

Sein Körper war wundervoll, seine Schönheit strahlte durch den senffarbenen Stoff. Ich hatte vor ein paar Jahren an einem Kurs im Aktzeichnen teilgenommen, und dabei hatte ich gelernt, durch Kleider hindurch zu sehen. Er hatte prachtvolle Muskeln, und seine Hose spannte sich straff über den herrlichen Oberschenkeln. Unter den enger werdenden Hosenbeinen, die in blank polierten Armeestiefeln steckten, bemerkte ich kräftige Waden. Seine großen, gut geformten Hände – Bauernhände – lagen ruhig und mächtig da, während er sprach, und bewegten sich nur ein wenig, um ein Wort zu unterstreichen.

Jemand hat einmal gesagt, daß wir niemanden ohne unkeusche Gedanken auffordern, die Nacht bei uns zu verbringen. Aber ich kann ehrlich sagen, daß ich keine derartigen Gedanken hatte. Mein Herz war fast so rein wie seines, als ich ihn fragte: »Wo wohnen Sie?«

Er deutete den Berg hinunter. »In einer Bruchbude an der Rue Notre Dame de Lorette. Ich glaube, es ist wohl ein ... wie sagt man? Ein *maison de passe.* Die ganze Zeit kreischen Mädchen. Sie laufen im Flur hin und her und trinken, und Leute mieten Zimmer – aber sie bleiben nur eine halbe Stunde.«

Ich lachte. »Sie sind in einen Puff geraten. Ich habe eine Idee. Warum übernachten Sie nicht in meiner Wohnung? Ich habe ein Gästebett, also ... also haben Sie Ihre Ruhe, und ich ...« Aber meine Schuldgefühle waren überflüssig. Sein Gesicht hellte sich auf, und er grinste freundlich, als sei er nach langer Zeit heimgekehrt.

»Mann!« platzte er heraus. »Meinen Sie das ernst? Das ist ja 'ne Wucht! Sagen Sie ...« Er beugte sich vor und legte mir eine seiner großen Hände aufs Knie. »... hätten Sie Zeit, mir ein wenig von Paris zu zeigen?«

Selbst wenn ich keine Zeit habe, dachte ich und nickte. »Ich werde tun, was ich kann, und Sie an die richtigen Plätze lotsen.«

»Das wäre toll!« sagte er. Seine Freude war anrührend, und seine Aufregung wuchs. »Wissen Sie was – ich gehe gleich in diese Absteige und hole meine Sachen, ja?«

»Das ist eine gute Idee«, bestätigte ich.

Er lachte vergnügt, sprang auf die Füße und warf dabei den Stuhl um. Er hob ihn auf, haute mit der Faust auf den Handteller und lachte erneut. Dann schob er seine Mütze so weit nach unten, daß ich mich fragte, ob er überhaupt noch etwas sehen konnte. Er hüpfte fast vor Freude. »Mann!« sagte er wieder und grinste. »Ich mach mich sofort auf die Socken. Sie warten doch auf mich, oder? Bestimmt?«

»Na klar!«, sagte ich und lachte. Seine Aufregung war ansteckend. »Ich bleibe hier.«

Ich sah ihm zu, wie er in die dunkler werdende Nacht hinausging, munter, aufgeweckt, sportlich. Die Straßenlampe brachte seine Stiefel und seinen Gürtel zum Funkeln. Nach ein paar Metern drehte er sich um, salutierte kurz und grinste noch einmal. Dann ging er rasch den Berg hinunter.

Und so begann eine seltsame, aufregende Woche für mich. Ich machte mir Sorgen, weil ich eine eiserne Regel gebrochen hatte: Trenne immer das Geschäft vom Vergnügen. Es ist vielleicht schwer zu glauben, aber ich hatte diese Grenze kaum einmal überschritten, obwohl ich Tausende von jungen Männern unter der Nadel gehabt hatte. Es war zu gefährlich, geschäftlich betrachtet. Klatsch verbreitete sich unter den jungen Leuten der Stadt wie ein Lauffeuer, und wenn irgend jemand mein Geheimnis entdeckt hätte – nun, dann wäre ich vermutlich sehr populär geworden, hätte aber keinen Pfennig mehr verdient. Die Moneten hielten mich also rein, was meine Kunden betraf. Erstaunlich, was Geld bewirken kann ...

Ansonsten – na ja, ich war auch nicht anders als die anderen in unserer Zunft. Früher oder später kriegte ich sie rum, durch Überredung, Schmeichelei, Bestechung oder ein Gespräch, bei Bedarf mit Schallplatten, Büchern, Haschisch oder Alkohol als Köder. Aber was war Buck – ein Kunde oder ein attraktiver Junge? Für eine Weile verdrängte ich das Problem.

Diese erste Nacht war ebenso schmerzhaft wie ekstatisch. Nachdem ich sein Gepäck aufgestapelt und den Laden geschlossen hatte, hielten wir ein Taxi an. Ich dirigierte den Fahrer am Place de la Concorde vorbei, um Buck die Lichter zu zeigen. Nachts war Paris eine große Schatulle voller Juwelen. Er lachte und plapperte und fragte ständig »Was ist denn das?« oder »Sehen Sie die Puppe dort?« Und dabei trommelte er mir wie ein aufgeregtes Kind auf die Schulter. Als wir die Rue des Saints-Pères erreichten, wo ich ein Apartment hatte, in dem vorher zwei ziemlich reiche Amerikaner gewohnt hatten, floß er vor Begeisterung über.

»Mensch, was für eine Bude!« rief er aus. »Haben Sie diese vielen Bücher gelesen?« Er ging zu der Wand, wo ein Regal stand, das bis zur Decke reichte. Dann guckte er durch den Türspalt ins Schlafzimmer und sah das Bad auf der anderen

Seite. »Und sogar eine echte Dusche!« sagte er. »Das ist die erste, die ich in Europa sehe, außer in der Kaserne. Funktioniert sie?«

»Das will ich meinen«, sagte ich.

Er knüpfte sich die Krawatte auf. »Macht es Ihnen was aus, wenn ich gleich reingehe?«

»Natürlich nicht«, sagte ich. »Fühlen Sie sich wie zu Hause.«

Er streifte das Hemd ab, dann das T-Shirt, und stieg flink aus der Hose. Und schon begann das Zimmer zu strahlen. Ich hatte mich nicht getäuscht – sein Körper war wie warmer, lebendiger Marmor, geformt von Praxiteles, vom Parthenon herabgestiegen, um mein Wohnzimmer zu schmücken. Als er den Kopf drehte, floß ein großer Muskel anmutig vom Hals zu den prachtvollen Schultern. Der Rumpf war flach und muskulös, und das Band, das den Bauch hielt, schwang sich an einer Seite nach unten in die straff sitzenden weißen Shorts und an der anderen nach oben, um in der warmen Wölbung des Rückens zu verschwinden. Der Torso eines Fauns. *Siehe, mein Geliebter kommt mit leichtem Schritt über die Berge* ... Ich drehte mich um. Es war besser, ich beschäftigte mich mit anderen Dingen. Mein Mund war trocken.

»Ich hole Ihnen ein Handtuch«, brachte ich mühsam heraus. »Dann wasche ich mir das Gesicht, während Sie duschen.«

Er schritt wie ein Eroberer in die gekachelte Kabine, und einen Augenblick später hörte ich das Wasser rauschen. Ich schüttelte den Kopf, holte tief Luft und zog mein Hemd aus. Dann holte ich ein Handtuch und ging damit ins Badezimmer. Ich drehte den Hahn auf und wusch mir das Gesicht. Dann setzte ich mich und wartete, bis er fertig war. Die Aprilluft war kühl, aber nicht unangenehm. Von der Ecke meines Fensters aus konnte ich die Lichter am Quai Voltaire und den dunklen Schimmer der Seine sehen. Lichtkreise hüllten die Bäume wie ein Nebel ein. An den Ästen waren die ersten grünen Blätter zu sehen.

Das Wasser hörte auf zu fließen. Ich hörte, wie der Vorhang beiseite geschoben wurde, dann die leisen Geräusche, als er sich abtrocknete. Auf einmal platzte er in den Raum wie ein blonder Panther. Das Handtuch hatte er um die Hüfte geschlungen.

»Mensch!« sagte er und erstarrte. »Was für ein wunderschönes Tattoo!«

Ich schaute auf die Girlande aus Rosen und Blumen hinab, die von meinen Schultern hing und über den Brustkorb reichte. »Gefällt es Ihnen?« fragte ich und kam mir wie ein Narr vor.

»So etwas habe ich noch nie gesehen!«, sagte er mit echter Begeisterung. »Reicht es bis auf den Rücken?«

»Ja«, sagte ich. Er legte mir die Hand auf die Schulter und drehte mich um. »Herrlich«, sagte er. »Oh, Sie kriegen ja eine Gänsehaut.«

»Ihre Hand ist kalt«, sagte ich; aber das war nicht der Grund. Ich stand auf und zog einen leichten Morgenmantel an. Dann reichte ich ihm einen dunkelroten. »Passen Sie auf, daß er hinten nicht platzt«, sagte ich. »Bei den Schultern.«

»Keine Sorge«, sagte er lächelnd, »ich passe auf.«

Dann unterhielten wir uns noch ein wenig, und ich goß ihm ein Glas Cognac ein. Schließlich gingen wir zu Bett – er in seines, und ich in das Zwillingsbett daneben.

Nach seiner Atmung zu urteilen, schlief er fast sofort ein. Ich lag noch lange wach und lauschte den nächtlichen Geräuschen der Stadt. Die kraftvolle Silhouette seiner Schulter und seines Rückens unter der Decke lag zwischen mir und dem schwachen Licht des Fensters.

Es war eine wundervolle Woche, aber ich vernachlässigte mein Geschäft – keine gute Idee, wenn man es eben erst eröffnet hat. Gemeinsam benahmen wir uns wie alberne Touristen, und ich war fasziniert. Es erfrischte und stimulierte mich, Paris durch seine jungen Augen zu sehen. Es war, als sei ich zum erstenmal hier, und einmal mehr verfiel ich dem süßen grauen Charme der Stadt. Wir gingen die Champs Elysées entlang, tranken Apéritifs in kleinen Straßencafés und schlenderten durch den Bois de Boulogne, wo wir den Frühling bestaunten, der in Paris immer wieder wie ein Wunder ist. Ich ging mit ihm in die Cafés von St. Germain und einmal in die Folies Bergères. Morgens war die Luft kühl und gut und dünn wie eine goldener Sauternes mit kleinen Funken. Die Abende waren mitunter frisch und gelb.

Ich muß gestehen, daß ich mich nur drei Tage lang an meine guten Vorsätze hielt. Dann begannen sie unter dem Dauerfeuer seiner Schönheit zu zerbröseln. Seine Schüchternheit schwand, und immer wenn wir zu Hause waren, schlüpfte er zuerst aus den Kleidern. Nicht, daß ich etwas dagegen hatte – aber es machte mich schwach mitanzusehen, wie er in all seiner Pracht und fast nackt im Zimmer herumging oder spielerisch die Haltung eines Boxers einnahm oder mir trotz meiner Proteste ein paar Karateschläge zeigte. Die Berührung seines Körpers erschreckte mich und löste ein Frösteln aus, denn im Gegensatz zu ihm war mir klar, wohin das führen würde. Und allmählich fing ich an, Dinge zu sagen, die er kaum mißverstehen konnte. Er war nicht dumm.

Ich glaube, es war am fünften Abend. Wir waren zu Bett gegangen, beide ein wenig beschwipst von einigen Gläsern Wein zum Abendessen in der La Reine Blanche und ein paar Cognacs hinterher. Das Licht war aus. Ich war deprimiert, lag auf dem Rücken und brannte vor Verlangen.

Plötzlich knipste er die Lampe an, die zwischen uns stand, und stützte sich auf die Ellbogen. Sein hübsches Gesicht war ernst. Er biß sich kurz auf die Lippen und sagte: »Es tut mir leid.«

Ich hörte auf, mich wie ein Schmierenkomödiant zu benehmen, und drehte mich zu ihm um. »Was tut Ihnen leid?«

Er errötete vor Verlegenheit, schaute auf sein Kissen hinab und boxte es. »Es – es ist irgendwie schwer zu sagen. Aber – ich schätze, ich weiß, was in den letzten Tagen in Ihrem Kopf vorgegangen ist.«

Ich sagte nichts.

»Na ja, die Sache ist die ... ich kann das einfach nicht. Schon der Gedanke ...«

»Das ist schon in Ordnung, Buck, alter Junge«, sagte ich. »Ich komme darüber hinweg. Dann fügte ich aus Frust oder

Boshaftigkeit oder ähnlichen Beweggründen mit einiger Bitterkeit hinzu: »Außerdem werden noch andere kommen.«

Er sah mich lange an, ohne etwas zu sagen. Seine kornblumenblauen Augen wurden dunkel und frostig. Abrupt schaltete er das Licht aus und drehte sich auf die Seite.

Doch am nächsten Morgen war alles wieder gut. Er mußte am nächsten Tag abreisen, und darum feierten wir die letzten vierundzwanzig Stunden. Wir stiegen sogar den Eiffelturm hinauf, obwohl ich laut jammerte. Ich lebte seit Jahren in Paris, aber diese Tortur hatte ich immer gemieden. Am Nachmittag folgte eine Menge Pernod und am Abend eine vorzügliche Bouillabaisse. Am Ende des Mahles beugte er sich über die Reste des Diners und sagte: »Einen Gefallen mußt du mir noch tun.«

»Du brauchst es nur zu sagen«, versprach ich, glückselig benebelt.

»Ich möchte, daß du mir eine Rose mitten auf die Brust tätowierst. Wie in deiner Girlande. Und eines Tages möchte ich auch den Rest haben.«

Seine Bitte schockierte mich ein bißchen, dennoch gefiel sie mir sehr. »Bist du dir sicher?«

»Ich habe lange darüber nachgedacht«, sagte er. »Ja, ich will sie haben. Auch deshalb, weil ich diese Woche nie vergessen möchte.« Er spielte mit einer Fischgräte, die auf den Tisch gefallen war. »Und dich auch nicht«, fügte er leise hinzu.

Also stiegen wir in ein Taxi und fuhren den Berg hinauf zur Rue Gabrielle, wo ich meinen Laden aufschloß. Ich ging ins Hinterzimmer und holte die schräge Liege. Dann stellte ich den Schirm auf und schaltete das Licht ein. Die Lampen im Laden blieben dunkel.

»Also, entblöße deine Muskeln«, sagte ich, und er zog das Hemd aus. »Und leg dich hin.« Ich schob ihm ein Kissen unter den Kopf und legte meine Nadeln bereit. Kurz bevor ich anfing, schaute ich auf ihn hinab – er lag ausgestreckt auf der Bank – und sagte: »Du kannst deine Meinung immer noch ändern.«

Er schüttelte den Kopf. »Nee. Ich will's. Eine große, so wie deine.« Dann packte er mich plötzlich mit seinen großen Händen am Nacken, zog mich hinunter und küßte mich voll auf den Mund. Ich war noch nie im Leben so überrascht gewesen. »Also, fang an«, sagte er grinsend und ließ mich los. »Ich wollte dir nur zeigen, was ich empfinde.«

Zitternd, noch von dem Kuß erschüttert tauchte ich die Nadel in die Tinte und zog die ersten Linien der großen scharlachroten Rose auf seiner glatten, gewölbten Brust.

Es war ungefähr ein Jahr später, fast schon Anfang Mai. Mein Geschäft hatte sich ganz gut etabliert, und obwohl es noch nicht der letzte Schrei von Paris war, erfreute ich mich eines regen Zuspruchs. Es überraschte mich, wie viele Frauen sich tätowieren lassen wollten, und um mich vor den Raubkatzen des Montmartre zu schützen, kaufte ich einen Ehering aus purem Gold, der sie abschreckte.

Natürlich hatte ich Buck nicht vergessen; aber es gab so viele junge französische Kerle, Ganoven, Matrosen und Soldaten, und ich mußte mir so viele neue Muster ausdenken, um sie zufriedenzustellen. Darum hatte er sich allmählich in jene schimmernden Winkel des Gedächtnisses zurückgezogen, wo ich meine schönsten Erinnerungen aufbewahrte. Meine Enttäuschung hatte sich in dem vagen Glanz der Freude aufgelöst, die ich immer verspürte, wenn ich an ihn dachte. Er hatte mir drei Briefe geschickt und jedesmal ein paar Zeitungsausschnitte beigelegt. Er hatte Kämpfe in seiner Kompanie und im Regiment gewonnen, und die Artikel in der Armeezeitung waren schmeichelhaft: »Der Feldwebel mit der Rose« nannten sie ihn. Auch ein paar Artikel aus deutschen Zeitungen waren dabei, darunter ein Foto, auf dem ein Ringrichter seinen Arm hob, während Buck breit grinste. Die Rose auf seiner Brust war deutlich zu sehen. Wenn er Profikämpfe bestritt, jubelte die Menge ihm zu, und er wurde zu einem der populärsten jungen Boxer in Deutschland. Und wie hieß er in Frankfurt und in den anderen Städten? Natürlich »Der Rosenkavalier!«

Es war zehn Uhr abends, und ich wollte gerade schließen.

Da klingelte es an der Tür, und ich hob den Kopf. Es war Buck. Er trug eine zivile Hose und eine Windjacke und war barhäuptig. Sein goldenes Haar glänzte im Licht.

»Da bin ich«, sagte er.

»Das sehe ich«, sagte ich zurückhaltend.

Er ging durch die Schwingtür ins Arbeitszimmer und setzte sich. »Ich bin nicht mehr in der Army«, sagte er.

»Wirklich? Du bist jetzt ziemlich berühmt.«

Er grinste wie früher. »Das habe ich hauptsächlich dir zu verdanken«, sagte er. »Diese Rose kommt wirklich gut an. Schätze, du hast mich gemacht.«

Mit einem Anflug von Bitterkeit erwiderte ich: »Aber wohl kaum zu dem, was ich wollte.«

Er lächelte kurz, dann wurde er ernst und zeichnete mit der Zehe kleine Kreise auf den Fußboden. Ohne aufzublicken sagte er: »Ich glaube, ich habe in diesem Jahr viel gelernt. Man behauptet ja, daß Reisen bildet. Also, eigentlich bin ich gekommen, um mich zu entschuldigen.«

Ich spürte einen Krampf im Magen, der zu einem Knoten wurde und sich dann plötzlich auflöste. »Du brauchst dich nicht zu entschuldigen, alter Junge«, sagte ich. »Das ist alles vorbei.«

Er hob den Blick, hielt aber den Kopf gesenkt. Er schwieg und lächelte.

»Und wohin soll das führen?« fragte ich.

Er stand auf, hob die Arme hoch in die Luft, streckte sich wie ein stattliches junges Tier und schaute auf mich herab.

»Zu einer abschließenden Frage«, sagte er. »Kann ich bei dir übernachten?« Er senkte die Arme und legte mir die Hände auf die Schultern. »Wir haben eine Menge nachzuholen«, sagte er und gab mir einen Klaps hinter die Ohren.

Ich betrachtete meine tintengefärbten Hände im Schoß. Ich verdankte ihnen ein gutes Leben und neue Selbstachtung. Warum sollte ich mich den Bucks und Tonys und Chucks und Johnnys dieser Welt auf Gnade und Ungnade ausliefern? Ich hatte so viele Erfahrungen hinter mir, daß ich mich von nichts und niemandem mehr abhängig machte. Es war nicht mein Fehler, daß dieser Junge so lange gebraucht hatte, um zu lernen – ich hatte keine Ahnung, wie viele Lehrer er gehabt hatte. Und es war nicht schmeichelhaft, ihn jetzt etwas sagen zu hören, was ich seit vielen Jahren wußte und was ich ihm vor einem Jahr gesagt hatte. Es wäre einfach gewesen, ihm den Ehering zu zeigen und zu sagen, ich sei verheiratet und meine Frau habe bestimmt kein Verständnis dafür ...

Dennoch ... in der langen Reihe von jungen Männern, die in meinem Leben an mir vorbeigezogen waren, hatten nur wenige bei mir sein wollen, und nur wenige hatten mich Freund genannt. Und noch weniger hatten mir ihre Zuneigung angeboten.

Ich brauchte weniger als drei Sekunden für diese Gedanken. Dann sah ich ihn an und sagte: »Okay, Buck. Ich freue mich, daß du wieder da bist.«

DIE ÖKONOMEN

Er stand an der Verandatür, schob die granatroten Vorhänge zurück und schaute den Berg hinab über die Bucht. Gelegentlich war draußen in der Nacht ein leiser, pfeifender Wind zu hören; er raschelte im Laub der Bäume vor dem Haus. Zwei Stockwerke tiefer glitzerten die Gehsteige, die der Abendnebel naß gemacht hatte. Weiter unten am Berg, über die gelb glühenden, spärlichen Straßenlampen hinweg, sah er die schwarz schimmernde Bucht, die Lichtkleckse, die ein Gefängnis waren, den Marinestützpunkt und die Lichterkette auf der Brücke, die über das Wasser zur Stadt auf den anderen Berg führte.

Dann hörte er, wie die Haustür geöffnet und wieder geschlossen wurde, und einen Augenblick später sah er Dannys stämmige Gestalt. Das Straßenlicht fiel hell auf seinen Kopf und seine Schultern. Dort, wo der kleine Gehweg sich mit dem breiteren vereinigte, drehte er sich um – das tat er immer – tippte kurz mit der Hand an seinen unbedeckten Kopf (»sein kleiner Lehrergruß«, wie er ihn nannte) und schaute mit seinem spöttischen Grinsen hinauf zum Fenster.

Der Professor winkte zurück, dann ließ er die Vorhänge los und zog geistesabwesend an der Schnur, die sie schloß. Die roten Vorhänge, der graue Teppichboden, ein paar exquisite Möbel, deren Mahagoni im gedämpften Licht rotgold schimmerte, und die drei Wände voller Bücher in der Bibliothek, die man durch die Tür sah, verliehen den Räumlichkeiten einen Anflug von Reichtum oder ließen an Bühnenkulissen denken, die jemand für den großen, gepflegten John Sanders aufgestellt hatte.

Er vergrub die Hände in den Taschen seines schwarz-silbernen Morgenmantels und ließ sich in den tiefen Sessel neben dem Phonographen sinken. Müßig schweifte sein Blick über die Bilder an der Wand – eine Skizze, die Picasso von ihm gemacht hatte, als sie sich bei Gertrude Stein begegnet waren, ein eingerahmtes und signiertes Foto von André Gide auf dem englischen Schreibtisch, ein vorzüglicher Tschelitschew an der rechten Wand und anderes mehr. Er seufzte.

Er konnte mit dem Leben zufrieden sein, das er sich geschaffen hatte. John Sanders war noch relativ jung und bereits eine Legende an der Universität – weltmännisch, intellektuell, ein Freund der Großen und der beinahe Großen, mit Auszeichnungen überhäuft, Autor von drei Romanen und zahllosen Artikeln, berühmt für die diamantene Perfektion seiner Vorlesungen, durch und durch Gentleman, immer diskret, garniert mit all den exotischen Blüten einer verfallenden Kultur und von Büchern, Bildern, Musik und seinen Gedanken vor der äußeren Welt geschützt. Freundlich und doch seltsam unnahbar zugleich, mischte er sich nie unter seine Kollegen und ermutigte auch seine Studenten nicht gerade zu Vertraulichkeiten.

Nur sehr wenigen Menschen war es je gelungen, die Mauer zu durchdringen, die ihn umgab – einer von ihnen war Danilo. Und noch seltener hatte jemand erlebt, daß er die Würde verlor, die ihn jeden Tag in seinen überfüllten Vorlesungen wie ein Mantel einhüllte. Wieder seufzte er, streckte die Beine aus und verschränkte sie. Dann griff er nach dem Kristallglas mit dem Brandy. Ein wenig blieb auf dem Boden zurück; er wirbelte ihn langsam herum, wärmte das Glas mit der Hand. Der angenehm bittere Duft stieg in seine Nase. Er nippte einmal – der Geschmack glich dem, was die *petite madeleine* für den alten Proust war. Seine Erinnerungen führten ihn zurück zu Dannys erstem Besuch, dann noch weiter zu dem Augenblick, als er ihn zum erstenmal gesehen hatte ...

Es war vor acht Wintern. Er saß mit der Sekretärin des Vereins für Schöne Künste im Erdgeschoß der Kunsthalle.

»Was steht heute auf dem Programm, Miss Carson?« fragte er.

Sie kramte in den Papieren auf ihrem Schoß. »Carl Preebe will beweisen, daß Debussys Musik auf einem einzigen, kleinen, chromatischen Thema aufgebaut ist, Dr. Sanders.«

»Mhmm ... sehr interessant«, sagte er. Dann ließ er den Blick durch den Raum schweifen. Er hatte den Jungen nicht hereinkommen sehen; aber dort saß er nun – und auf einmal schrumpfte sein Gesichtsfeld auf einen Punkt zusammen. Der Junge war durchschnittlich groß und so gebaut, wie Sanders es mochte. Den fein geformten Kopf zierte eng anliegendes, lockiges Haar wie bei einer klassischen Statue. Der Kiefer war kantig, das Kinn tief gespalten. Hundert Generationen von Norditalienern hatten beieinander liegen müssen, um dieses schöne Renaissanceprofil hervorzubringen – volle Lippen, gerade Nase mit feinen, geblähten Flügeln. Er war ein »weißer Italiener«, ohne die goldbraune Haut der Süditaliener, und sein schwarzes Haar war blau schattiert. Er hatte ein Knie über dem anderen gekreuzt, und eine schwere Hand mit vollen Adern lag ruhig und machtvoll auf dem Bein. Das Hosenbein war etwas nach oben gerutscht, so daß Sanders etwas sah, was das untere Ende einer Tätowierung auf der kräftigen Wade zu sein schien.

Er nickte in die Richtung des Jungen und fragte: »Wer ist der Neuankömmling dort, Miss Carson?«

Sie schaute über den Rand ihrer Brille. »Oh«, sagte sie, »das ist Danny di Bella. Er war vier Jahre bei der Marine, und in diesem Semester ist er wieder da. Ich glaube, er ist sogar in Ihrer Vorlesung über viktorianische Prosa, Dr. Sanders.«

»Nun, das kann schon sein«, murmelte Sanders. »Es sind so viele gekommen, daß ich das Ende des Saales noch gar nicht gesehen habe. Ich werde sie demnächst in alphabetischer Reihenfolge sitzen lassen.« Er wußte, daß Miss Carson kein Wort italienisch konnte; darum betrachtete er den Jungen erneut und sagte leise: »*Che bella cosa*!«

Wieder guckte Miss Carson über den Rand ihrer Brille. »Nein, Dr. Sanders«, sagte sie freundlich. »Das ist Danny di Bella.«

»Ach ja«, erwiderte er und lächelte sie an.

Natürlich brachte die Zauberkraft des Alphabets, als sie im großen Saal mit seinen zweihundert Sitzplätzen zur Geltung kam, Danny di Bella weit nach vorne – in die dritte Reihe, unmittelbar vor die dunkelgrünen Augen des Professors. Er wurde zum Zentrum seiner Stimme und seines Blickfeldes, während ein großer, gutaussehender blonder Junge mit Bürstenhaarschnitt den linken und ein attraktiver dunkelhaariger Bursche den rechten Rand begrenzte. Sanders schaute nie in den hinteren Teil des Saales, der unter dieser Vernachlässigung litt.

Immer öfter sprach er Danny direkt an und beobachtete ihn während der Vorlesung. Überaus dankbar registrierte er, wie aufmerksam das Gesicht des Jungen war – ein Spiegel, der den Glanz eines eleganten Satzes einfing und jedes Bonmot reflektierte. Einerlei, wie geschickt eine Pointe versteckt war, wie esoterisch eine Anspielung oder wie subtil eine Zweideutigkeit war – immer erhaschte er den Schimmer des Verständnisses in den Augen des jungen Mannes. Die Augen tanzten, der Mund verzog sich ein wenig zu einem rasch unterdrückten Lächeln, oder es kam ein angedeutetes Nicken. Derart belohnt schwang Dr. Sanders sich zu neuen Höhen der Eloquenz auf. Seine Vorlesungen sprühten vor Geist und Einfühlungsvermögen. Ab und zu spielte er bewußt mit Danny, um seine Reaktion zu beobachten.

Er dachte an die Vorlesung über *Sartor Resartus* und Carlyles Philosophie der Kleidung. Es war so leicht gewesen, ein wenig abzuschweifen – zum »Problem der Uniform«.

»Man könnte also meinen«, sagte er vorsichtig, »die Uniform eines Militärs, sagen wir eines Matrosen, sei nicht nur wegen ihres guten Schnitts so prächtig und vielleicht auch romantisch, sondern auch aus einem höheren Grund. Sie wird für uns zu einer Art medialem Bindeglied zu einer anderen Welt, zu einem magischen Prüfstein oder zu einer Kristallkugel, in der wir eine Existenz sehen, die uns mehr reizt als unsere.«

Er machte eine Pause und bemerkte, daß Dannys Ohren rot geworden waren und daß der junge Mann den Kopf auf seinen Notizblock gesenkt hatte. Mit dem Timing, für das er bekannt war, und entzückt darüber, die verträumten Zuhörer mit einem semantischen Schock wieder in die Realität zu befördern, fügte er hinzu: »Das ist natürlich alles Unsinn. Der Matrose ist kaum tapferer oder romantischer als eine Hausfrau, die sich auf einen Tisch mit Sonderangeboten stürzt. Worauf Carlyle hinauswill, meine Damen und Herren ...« Und schon war er mühelos wieder auf dem Pfad, den er für Danny geschlagen hatte.

Der Junge sah zu ihm auf; dann breitete sich ein sachtes, ungläubiges Lächeln auf seinem Gesicht aus, und er schüttelte fast unmerklich den Kopf vor Erstaunen. Ihre Blicke begegneten sich für eine Weile, und mit einer kleinen, aber glücklichen Panik wußte Sanders, daß Danny es wußte.

Jetzt spürte er, daß er selbst rot wurde.

Während der paar Semester, die Danny nach seinem Abstecher zur Marine noch zu bewältigen hatte, kamen sie einander näher als Sanders es jemals einem anderen Studenten zugestanden hatte. Manchmal besuchte Danny ihn im Büro. Das nannten sie »Besprechungen«, aber im Grunde waren es lediglich gute Gespräche. Sanders lernte Dannys wachen, schüchternen Geist, den seine Jugend, sein Studium und sein tiefes Interesse rasiermesserscharf geschliffen hatten, immer mehr schätzen. Zweimal nahm er ihn in ein Konzert auf der anderen Seite der Bucht mit, einmal ins Theater. Es gab ein paar sehr angenehme Abendessen, immer auf dem neutralen Boden eines guten Restaurants. Sanders konnte sich nicht mehr daran erinnern, wann er aufgehört hatte, Danny »Mr. di Bella« zu nennen. Aber Danny bewahrte stets den respektvollen Abstand eines Studenten und nannte ihn niemals »John«.

»Verdammt!« fluchte Sanders eines Abends, nachdem sie sich vor einem Restaurant verabschiedet hatten. Das Leben hatte ihm ein garstiges kleines Martyrium aufgezwungen, eine wirklich asketische Existenz voller delikater Torturen, die sich nur Luzifer persönlich ausgedacht haben konnte.

Der Frühling war eine ganz spezielle Hölle. Die meisten Menschen genossen diese Jahreszeit ausgiebig; sie füllten sich die Lungen mit frischer Luft, gingen händchenhaltend spazieren und waren verliebt. Für Sanders war der Lenz eine Qual. Wenn das Wetter milder wurde, die Jacken zu Hause blieben, die Ärmel hochgekrempelt wurden und die Krägen sich öffneten, beobachtete er die erste zarte Bräune auf den Armen und Hälsen der jungen Männer. Jetzt trugen sie dünne, enge Hosen und verblichene Bluejeans, die sich über den strammen jungen Schenkeln spannten. Dünne Pullover bedeckten prachtvolle Brustkästen mit nach unten zeigenden Nippeln. Und Dr. Sanders mußte leiden.

Und Danny ... »Verdammter junger Teufel! Er weiß genau, was er tut!« Dieser Gedanke schoß Sanders durch den Kopf, als er den jungen am ersten warmen Tag sah. Trotzdem ließ er ihn nicht aus den Augen. Die Unterarme waren noch sahneweiß und ungebräunt, Brustmuskeln und Schultern strotzten vor Kraft. Wenn er die Hand drehte, war ein aufregendes Muskelspiel unter der makellosen Haut die Folge. Er trug eine schwarze Hose – ein Echo seines mitternachtsschwarzen Haares –, und kaum hatte Sanders sich von seinem nahezu körperlichen Schock erholt, errötete er – beinahe –, als Danny sich ihm mit seinem rätselhaften halben Lächeln zuwandte. An diesem Tag fiel ihm die Vorlesung schwer, denn die Flamme, die in der dritten Reihe loderte, blendete ihn. Von diesem Augenblick an wußte Sanders, daß es für ihn kein Entkommen gab.

Aber er verschob die Hinrichtung fast bis zum Ende des Semesters. Dann kam Danny an einem Spätnachmittag in sein Büro. Die Sonne schien golden auf den Schreibtisch und die Papiere, das Büro war heiß und stickig und staubig. Danny setzte sich in einen Bürosessel, schlug ein Bein lässig nach oben und legte es auf die Armlehne. An diesem Tag hatte er einen weißen Pullover an, und seine Haut hatte inzwischen ihr Erbe angetreten – die Sonne hatte ihr Werk vollbracht, und Dannys Haut war rotbraun. Seine Zähne blitzten wie ein kleines Krummschwert aus Elfenbein.

Einen Moment spielte Sanders mit dem Gedanken, mit ihm schwimmen zu gehen. Aber entschied sich dagegen. Am Strand oder im Schwimmbad konnten sie anderen Studenten begegnen, und es gab eine noch größere Gefahr: Er konnte seine Würde verlieren. Er wollte sich nicht vor einem Studenten ausziehen, obwohl er sich seiner Unnahbarkeit insgeheim schämte. Und Dannys Körper war so prachtvoll, daß sein Körper neben ihm leiden würde. Seltsam, wie schwierig es war, seine »Autorität« oder »Überlegenheit« aufrechtzuerhalten, wenn man einen zu dünnen oder zu dicken Körper hatte, wenn man nackt war oder wenn man eine Badehose trug.

Der Professor sah Danny an, der sich so provokativ im Sessel darbot. »Junger Freund«, sagte er und schaute auf die Armbanduhr. »Es ist vier Uhr. Was halten Sie von einem Abstecher in den Supermarkt und dann – in meine Wohnung zu einem Steak mit Salat? Wir können uns ein wenig entspannen. Übrigens – Sie haben mein Apartment noch nicht gesehen, oder?« Er wußte verdammt genau, daß er es noch nicht gesehen hatte.

Danny schwang das Bein vom Sesselarm hinunter. »Nein, noch nicht«, sagte er mit sorgsam unterdrückter Begeisterung. »Und das Steak ist wirklich eine gute Idee.«

Später, als sie das Geschirr gespült und weggeräumt hatten, setzten sie sich an die großen, offenen Fenster, nippten Benediktiner und schauten zu, wie der Abenddunst über die Bucht kroch. Der Rauch ihrer Zigaretten trieb langsam hinaus in die purpurrote Luft. Die Bäume wurden allmählich schwarz, als das Licht schwand, und die strahlenden Lichtpunkte der Stadt begannen zu blinken und zu funkeln. Am Himmel versank die Asche der goldenen und roten Pracht allmählich hinter dem Horizont. Der Phonograph spielte leise ein Concerto von Mozart.

»Was haben Sie nach dem Examen vor, Danny?« fragte Sanders.

Danny machte eine Bewegung mit der Zigarette in der Hand. »Ich weiß es ehrlich nicht, Doc. Irgendeinen Job eben.«

»Lehrer?«

Er konnte Dannys Grimasse im Dämmerlicht kaum sehen. »Bestimmt nicht«, sagte er. »Nicht nach allem, was Sie mir darüber erzählt haben. Obwohl« – er zögerte einen Augenblick – »wenn ich wüßte, daß ich es jemals zu der Perfektion bringen könnte, die Sie erreicht haben, würde ich in Versuchung geraten.«

»Sie schmeicheln mir.«

»Nein, eigentlich nicht.« Der rote Punkt der Zigarette war beinahe alles, was Sanders noch sehen konnte – das und den weißen Pullover im tiefen Sessel. »Sie sind der einzige, wirklich der einzige an der Universität, von dem ich etwas gelernt habe. Der Rest – nichts als mittelmäßige Figuren, fleißig oder faul, je nach Ehrgeiz, aber alle mittelmäßig. Papageien, die Wort für Wort ganze Lehrbücher herunterbeten. Sie sind der einzige Denker, dem ich hier begegnet bin.«

»Oh, Danny, das ist Unsinn. Es gibt viele gute Leute hier, kreative Leute ...«

Danny war hartnäckig. »Dann habe ich sie nicht getroffen«, sagte er. »Aber von Ihnen habe ich gelernt. Sie haben mir das Denken beigebracht. Sie haben mich gelehrt, daß ein Mann allein in diesem Zimmer sitzen und trotzdem leidenschaftlich aktiv sein kann. Sie haben meinen Geist und meine Persönlichkeit geformt. Was ich an *savoir-faire* habe, verdanke ich Ihnen. Ich habe – ich habe Sie inhaliert. Ich werde nie wieder Gedanken haben, die sich nicht irgendwie zu Ihnen und Ihren Vorlesungen zurückverfolgen lassen.«

»Danny – diese Komplimente sind irreal.«

»Bitte, Doc.« Er hörte die Verzweiflung in Dannys Stimme. »Unterbrechen Sie mich jetzt nicht, ich muß es einfach sagen.« Er machte eine Pause, und Sanders hörte, daß er tief Luft holte. Dann fuhr er fort: »Ich wollte Ihnen das alles schon lange sagen, aber ich konnte es nicht. Wenn ich es jetzt nicht sage, dann sage ich es nie. Und auch jetzt könnte ich es nicht sagen, wenn es nicht dunkel wäre.«

In der Stille spürte Sanders das Pochen seines Herzens. Eine Vorahnung überwältigte ihn, heiß und kalt zugleich.

Danny sprach weiter. »Was ich Ihnen schulde, könnte ich nie mit Geld zurückzahlen. Und wenn ich es wagte, Ihnen eine andere Entschädigung anzubieten, könnte ich Sie beleidigen.«

Wieder blieb er fast eine Minute stumm. Der Mozart endete, und die leisen Geräusche des Wassers und der Stadt drangen aus der Dunkelheit. Es roch erfrischend nach Grün. Vor der schwächeren Dunkelheit am offenen Fenster sah er, wie Danny im Aschenbecher seine Zigarette ausdrückte. Dann hob die Silhouette die Arme, zog langsam den Pullover über den Kopf und warf ihn auf den Sessel. Ein schwaches Schnappen des Gürtels war zu hören, und der Schatten streifte die Hose ab. Dann stand Danny regungslos und mit verschränkten Armen da: ein dunkler Körper vor dem blasseren Nachthimmel.

Schließlich begann er zu sprechen. Sanders hörte die Worte kaum, weil das Blut in seinen Ohren rauschte. »Bitte ... bitte verstehen Sie mich nicht falsch, Doc. Ich hoffe nur, die ... Entschädigung, die ich anbiete, ist so echt wie das, was ich von Ihnen bekommen habe.« Er lachte ein wenig, leise und nervös. »Letztlich gebe ich mich selbst – als Dank oder als Tribut – dem, der mich geschaffen hat.«

In der Magie des Augenblicks dachte Sanders an das Bild der feingliedrigen griechischen Jungen in Eleusis, die sich selbst – Seele und Körper – dem Erdgeist geopfert hatten.

»Danny«, sagte er und hatte seine Stimme nicht mehr in der Gewalt.

Irgendwo unter ihnen, in der weiten Schwärze der Bucht, ertönte zweimal das Pfeifen eines Schleppers.

John Sanders seufzte erneut und rückte die Falten seines schwarz-silbernen Morgenmantels zurecht. Seit dieser Nacht waren sechs Jahre vergangen, eine lange Zeit. In seinem schwarzen Haar waren einige wenige silberne Fäden an den Schläfen.

Ein Schlüssel war in der Tür zu hören, aber er schaute nicht auf. Danny kam herein und stellte einen Einkaufsbeutel auf den Stuhl am Telefon. Er zog den Mantel aus und hängte ihn in den Schrank. Sanders hob den Blick noch immer nicht.

Danny ging zu seinem Sessel und ließ sich auf der Armlehne nieder. »Träumst du schon wieder?« fragte er. Mit Daumen und Zeigefinger knetete er Johns Nacken, und John drehte den Kopf und gab einen kleinen Laut des Behagens von sich.

»Ich denke nur«, antwortete er. »Wohin gehen wir in diesem Sommer? Skandinavien? Afrika? Italien? Frankreich?«

»Wohin du willst«, sagte Danny und biß ihn ein wenig ins Ohr.

»In Sizilien spielen sie die ganze *Orestia*, im August in Syrakus, und zwar im Freien und im schönsten griechischen Theater der ganzen Welt. Sollen wir hingehen?«

»Klar«, sagte Danny.

DAS HAUS IN DER RUE ERLANGER

Diesmal war er nur ein einziges Blatt Notizpapier, in seiner unleserlichen Handschrift und in fürchterlichem Französisch bekritzelt. Dennoch gelang es mir, die Zeichen zu entziffern, da ich mich seit Jahren daran gewöhnt hatte. »Wenn du nächste Woche nach Paris kommst, geh nicht in dein schäbiges kleines Hotel. Komm zu mir in die Rue Erlanger. Mein Neffe aus Polen ist zur Zeit bei mir, aber du kannst das blaue Zimmer haben. Dann können wir in aller Ruhe über die Eröffnung des Reisebüros sprechen.«

Das sah ihm ähnlich. Ein Europäer riecht amerikanisches Geld quer über den Atlantik. Ich hatte den Fehler gemacht, ihm zu sagen, daß ich mich langweilte und eine Beschäftigung suchte. Und er hatte für mein kleines Kapital bereits ein Projekt im Auge – sein Projekt. Aber ich war überrascht, daß er mich in sein altes Haus einlud. Auf all meinen Reisen nach Europa war ich kaum ein halbes Dutzend Mal in ein Privathaus eingeladen worden.

So kam es, daß ich den Aerogare bei den Invalides verließ und dem Taxifahrer die Adresse des alten Hauses gab. Es war ein dunkler, regnerischer Novemberabend, und die alte Nostalgie stieg in mir auf, als wir in halsbrecherischem Tempo um die Place de la Concorde fuhren. Autos rasten vorbei, und die Straßenlampen schnitten mit Lichtdolchen tief in den nassen schwarzen Asphalt der Straßen.

Ich kannte mich im Westen von Paris nicht aus, aber der Taxifahrer war wohl ein ehrlicher Mann, denn wir brauchten nicht lange. Wir fuhren durch Tunnels mit grellen orangefarbenen Lichtern, vorbei an den vielen Läden, die so sonderbar und fremd aussahen, und hinein in die relative Ruhe von Auteuil. Das Taxi hielt vor dem hohen eisernen Zaun, einem soliden schwarzen Ding, das bis zur Augenhöhe reichte und spitze Enden hatte. Das Haus sah dunkel und düster aus, nur ein einziges Licht brannte, weit oben in der Mitte der Fassade – ein ovales Fenster wie ein Zyklopenauge unmittelbar unter dem Dach. Das war Pricks Zimmer.

Ursprünglich hatte er Prikorszczewicz geheißen, was für eine angelsächsische Zunge zuviel war; darum hatte er den Namen gekürzt. Die Amerikaner, die er kannte, amüsierten sich köstlich über diese gekürzte Version. Sie wunderten sich, daß er diese Schreibweise gewählt hatte, denn er verstand durchaus ein wenig Englisch. Aber er wählte Prick, und dabei blieb es.

Ich bezahlte den Fahrer, und er bog in die dunkle Straße ein. Dann war alles still. Der Regen tropfte kläglich von den kahlen Zweigen, und das gefallene Laub lag dick auf dem Gehweg. Mutlos drückte ich auf den Klingelknopf – ich wußte, daß er es im zweiten Stock nicht hörte. Dann winkte ich mit dem Arm über den Zaun hinweg.

Es muß mindestens zehn Minuten gedauert haben, zehn lange, nasse Minuten. Ich stand da und winkte vergeblich. Dann sah ich einen dunklen Schatten am dunklen Fenster neben dem hellen, ovalen und winkte erneut wie verrückt. Das Licht im Schlafzimmer wurde angeknipst. Ein Kopf guckte hinaus, und Prick deutete mit einer Geste an, daß er mich gesehen hatte. Selbst aus knapp hundert Metern Entfernung sah ich die vertraute, flache weiße Serviette, die er sich um den Kopf gebunden hatte. Er trug sie immer, wenn er zu Hause war. Wenn man ihn danach fragte, wurde er ärgerlich und sagte, sie verhindere, daß sein Haar in den Kochtopf falle. Aber er tauchte sie immer wieder in Salatöl, weil er in einem alten Buch über polnische Volksheilkunde gelesen hatte, man könne auf diese Weise Kahlheit verhindern. Nachdem er sie mehrere Jahre lang getragen hatte, war die Wirkung allerdings zweifelhaft; den jedes Jahr wurde sein Haar dünner und grauer und wich an den Seiten zurück.

Das Licht kam ins Vestibül, und Prick kam heraus, um das Tor aufzuschließen, während er auf französisch über das »Dreckswetter« fluchte. Anstatt mich zu begrüßen, begann er sofort zu schimpfen:

»Wenn du mich vom Flughafen aus angerufen hättest, wie ich es dir gesagt habe, hättest du nicht warten müssen. Ich bin drei Stunden lang alle zwei Minuten ans Fenster gelaufen.«

»Das war zwei Stunden zu früh. Du hast doch gewußt, wann ich ankomme«, sagte ich. »Und deine zwei Minuten sind lang. Ich habe zehn Minuten draußen gestanden.«

Prick zuckte zweimal mit den Schultern wie eine gereizte Hausfrau in einer billigen Komödie. »Du hättest auf jeden Fall anrufen sollen«, sagte er. »Drei Stunden lang alle zwei Minuten!«

Wie manche Frauen hatte er die Fähigkeit, nichts zu hören, was ihm nicht paßte. Fast sein ganzes Denken und Handeln war feminin. Das war seltsam, weil er großen Wert darauf legte, stets »ein Mann« zu sein, sei es im Bett, sei es in einem Straßencafé an den Champs Elysées. Er war stolz darauf, »immer nur eines« zu tun, wenn er mit jungen Männern ins Bett ging, und er prahlte damit, daß er dabei noch nie das Haupt geneigt habe, um es einmal so auszudrücken. Trotzdem benahm sich niemand tuntenhafter und schriller als Prick, wenn einer seiner gutaussehenden »Neffen« oder »Vettern« anwesend war. Dann geriet er in Euphorie und vergaß für eine Weile seine vielgepriesene Männlichkeit. Und wie die meisten Frauen ging er aggressiv zum Gegenangriff über, wenn man ihn widerlegte, und stützte sich dabei auf ein völlig nebensächliches Argument. Notfalls wechselte er das Thema, denn er mußte unbedingt gewinnen. Wie alle Engstirnigen hätte er nie zugegeben, im Unrecht zu sein.

Im schwachen Licht der Straßenlampe hinter uns gingen wir eilig über den Kiesweg ins helle Vestibül. Es war immer noch derselbe liebliche Raum. Links führte die mit roten Teppichen belegte Treppe nach oben; an der hohen Decke hingen die glitzernden, in Eisen gefaßten Lampen; und in den Mosaikboden war das kunstvolle Wappen des Grafen und der Gräfin de Lukler eingelegt. Aber der Geruch nach Moder und Mehltau war durchdringend. Die Luft war kühl und feucht.

Hier in diesem alten Haus lebte Prick seit fünfzehn Jahren. Die Luklers hatten sich längst in ein Schloß in der Schweiz zurückgezogen, nachdem sie mit Eiscreme viel Geld verdient hatten; aber er – ihr guter Freund – war als eine Art unbezahlter Wächter geblieben. Das Erdgeschoß und den ersten Stock hatte er geschlossen und bewohnte nur das zweite Stockwerk, wo er ein kleines Schlafzimmer und ein Wohnzimmer hatte. Wenn ich mich recht erinnere, gab es dort noch zwei weitere riesige Schlafzimmer, eines mit rotem Teppich und Wandteppichen und eines mit blauem Teppich. Außerdem war ein Badezimmer vorhanden, dessen Waschbecken Prick auch als Spültisch benutze. Ein kleiner Küchenherd stand in der Ecke. Im Grunde war es eine Notunterkunft, aber er hatte sich daran gewöhnt. Meiner Meinung nach gehörte es sich nicht, Gesicht und Geschirr im selben Becken zu waschen. Nun ja, vielleicht war das die französische oder polnische oder einfach die europäische Art.

Keuchend stiegen wir die Treppe hinauf bis zum Ende. Prick trug meinen kleinen, leichten Koffer und überließ mir den großen, schweren. Er eilte voraus, knipste Lampen an und aus und erleuchtete auf diese Weise unseren Weg. Die *minutières*, von sparsamen Franzosen erfundene praktische Lichtschalter, sorgten dafür, daß kein Strom verschwendet wurde – sie warteten eine Minute, dann erlosch das Licht von selbst. Prick öffnete auch die Türen und schloß sie hinter uns.

In seinem Wohnzimmer war es nicht wärmer. Das ganze Haus erinnerte mich an ein kühles Grab – oder an das Haus Usher in der Geschichte von Poe. Die klamme Luft stank genau so wie der unterirdische, tropfende und mit Schleim überzogener Gang, durch den Montresor den Fortunato zum verlockenden Faß mit Amontillado führte. Man spürte die Feuchtigkeit in jedem Luftzug, den wir verursachten, und als ich die Hand einen Moment auf eines der alten Samtkissen auf dem Sofa legte, zog ich sie unwillkürlich zurück, weil der

Stoff kalt und naß war – es war, als hätte ich im dunklen, nassen Wald ein Nachttier gestreift.

Prick knipste die Deckenlampe an und stellte mein Köfferchen ab. Dann sah er mich prüfend an.

»Du siehst viel älter aus«, sagte er. Das schmerzte.

»Wir sind beide nicht mehr zwanzig«, entgegnete ich.

Das war für ihn ein Signal. »Aber wir können es sein!« rief er erregt. »Wir können jung denken und uns jung anziehen und uns jung verhalten – und das macht uns jung!«

»Es macht uns zu aufgemotzten alten Tanten«, erwiderte ich. »Außerdem nützt es nichts mehr. Die Jungen streifen uns nur noch mit dem Blick und nehmen uns nicht wirklich wahr. Höchstens so wie eine Tür oder einen Stuhl.«

»Das stimmt doch nicht!« behauptete er.

Ich seufzte. Ich hatte keine Lust, mit ihm darüber zu streiten, ob wir schöne, ewig junge Knaben waren. »Später«, sagte ich. »Bitte, Prick. Ich bin schrecklich müde.«

Er starrte mich einen Augenblick an, dann verzogen sich seine schlaffen Wangen zu einer Art Grinsen. »Klar doch«, sagte er. »Das habe ich ganz vergessen.« Er hob einen Koffer auf – diesmal den großen – und ging zur Schlafzimmertür. Mit einer Hand am Türgriff blieb er stehen und sagte auf englisch: »Mein Neffe ist drin. Er schläft. Sprich ihn jetzt nicht an. Er hat geweint. Die andere Tür ist noch nicht offen. Wir müssen hier durch.«

Ich war verdutzt. »Geweint?« sagte ich. »Warum? Wie alt ist er?« Alle »Neffen« von Prick waren zwischen achtzehn und vierundzwanzig (das war die äußerste Grenze), und ich besaß ein Bild von einem achtjährigen Kind mit Wuschelkopf, das einen Teddybär in der Hand hielt – oder dessen französisches Äquivalent.

Prick zuckte mit den Schultern. »Zweiundzwanzig. Er weint, weil ich ihn ausgeschimpft habe.«

»Wieso?« fragte ich, überaus neugierig.

Er zuckte wieder mit den Schultern. Die Tür war jetzt offen, und er machte »pst!« Wir gingen am Bett vorbei. Ein kleines Nachtlicht brannte in einer Ecke des Zimmers. Und unter der zerknüllten Decke auf dem rot gepolsterten Bett erhaschte ich einen kurzen Blick auf die schattenhafte, große Gestalt eines jungen Riesen, so blond wie nur Polen und Dänen es sein können. Das Gesicht hatte er zur Wand gedreht. Seine rechte Schulter, der Arm und ein Streifen des weißen Unterhemds guckten unter der Decke vor. Unwillkürlich holte ich tief Luft. Die Schulter war so muskulös und stark, die Haut so weiß mit rötlichem Unterton (»wie Milch und Blut«, sagen die Deutschen), daß ich glaubte, ein Juwel im Nest eines Huhns zu sehen, völlig fremd in seiner Umgebung, absolut fehl am Platze. Die Schulter und der Kopf waren klassisch geformt; eigentlich gehörten sie an eine Statue und in die Sonne, nicht in ein dunkles, düsteres Haus an einem regnerischen Novemberabend in Paris.

Ich blieb stehen und betrachtete die Schönheit dieses Körperfragments, dann winkte Prick mir zu, und ich folgte ihm in das blaue Zimmer, dessen Tür er aufhielt.

Das Zimmer war so groß wie das rote; aber seine Farbe – blauer Teppich, blaugraue Tapeten, ein Spiegel mit schwarzer, kaputter Oberfläche an einer Seite, der Putz, der von der Decke bröckelte, die zerbrechlichen, aber schönen Spindelmöbel – all das machten es kälter denn je. »Ich friere«, sagte ich.

Prick ließ mich mühelos abblitzen. »Morgen früh mache ich Feuer«, sagte er. »Man bekommt fast keine Kohle in Paris. Wir müssen mit dem Rest sparsam umgehen.«

Ich zog eine kleine Grimasse hinter seinem Rücken. Das war der alte Prick – immer der Pfennigfuchser, außer wenn er etwas haben wollte. Ich mußte eben das Beste daraus machen.

»Hast du Hunger?« fragte er. »Oder hast du schon gegessen? Ich habe nicht viel.«

Ich machte eine abwehrende Geste. Sein Ton verriet mir, was er hören wollte. »Ich will nichts, *copain*«, sagte ich. »Habe im Flugzeug 'ne Menge gegessen. Außerdem bin ich so müde, daß ich gleich ins Bett gehe, wenn es dir nichts ausmacht.«

Prick war sichtlich erleichtert. »Dann bis morgen«, sagte er und schloß sorgfältig die Tür zum roten Zimmer. Ich hörte ein Klicken im Schloß. In dieser Nacht konnte ich also nicht auf die Pirsch gehen, und ich mußte die andere Tür und die zweite Toilette benutzen. Ach, was soll's, dachte ich. Mir stehen noch zwanzig Nächte bevor.

Hastig zog ich mich aus und schlüpfte schaudernd unter die kalte, feuchte Decke des alten blauen Bettes. Es wurde bald warm, wenn auch das klamme Gefühl blieb. Ich starrte an die Decke, und das stille Haus kam mir wie verzaubert vor. Nicht das geringste Geräusch war zu hören. Wenn es auf der Rue Erlanger welche gab, dann hatten sie keine Chance, durch die stummen Mauern und das Labyrinth von Türen und Gängen zu dringen.

Auf einer meiner Reisen habe ich ein Stück des Mosaikbodens im Bad von Caracalla in Rom gestohlen, und wenn ich diesen Stein einfach nur in der Hand halte und die Augen schließe, werde ich zu dem Fußboden, aus dem er stammt. Ich spüre die jungen, nackten römischen Füße, die über meine warme Oberfläche gleiten; ich höre das schnelle Latein; und ich spüre, wie das Wasser aus den Bädern über mich fließt, spüre den Dampf, der sich über mir kräuselt; und die heißen Säfte der erregten jungen Männer, die auf meinen Mörtel tropfen. Jetzt berührte ich den verblichenen, rauhen Stoff, mit dem der Rahmen des Bettes überzogen war, schloß die Augen und spürte, wie das Zimmer sich mit den zahllosen jungen Männern bevölkerte, die Prick eingeladen hatte – nackt, flüsternd, lächelnd, die Stirn runzelnd, nach mir greifend, sich bückend, um mich zu umarmen, oder über meinem Kopf kniend, manche ernst, andere bittend oder bettelnd, wieder andere befehlend und alle hart und erregt, mit haarigen oder glatten Beinen, blond wie sonnenbeschienene Götter oder dunkel von der italienischen Sonne, Araber mit blitzenden Augen, amerikanische Soldaten mit Bürstenhaarschnitt, strotzend vor Gesundheit, Skifahrer mit muskulösen Schenkeln, Schwimmer, die mit glitzernden Armen durch dunkles Wasser pflügten ...

Das Zimmer war voller Träume, und das Bett war die ganze Nacht warm und kuschelig.

Die nächsten drei Tage waren etwas hektisch, bis Prick sich damit abfand, daß ich in seine Privatsphäre eingedrungen war – so schien er es zu empfinden. Er nörgelte wie eine Xanthippe an mir herum, wegen allem und jedem. Er war nicht damit einverstanden, wie ich meine Schule polierte (dabei war ich sechs Jahre in der Marine gewesen und konnte es mit den besten Schuhputzern aufnehmen!); er schalt mich, weil ich die Butter nicht abschabte, sondern abschnitt und ein Stückchen Folie schluckte (»Ein tödliches Gift!« kreischte er); er brachte mir dreimal bei, wie man die Türen und Tore auf- und zuschloß, und warnte mich hundertmal davor, das Licht brennen zu lassen; er bestand darauf, daß ich die Kuckucksuhr falsch aufgezogen hatte, klagte darüber, daß ich zuviel rauchte (eine Packung am Tag, während er sich mit drei Litern Wein begnügte); er kaufte polnisches Brot, bis ich hinausging und mir selbst *baguettes* besorgte; und er weigerte sich, mir einen Schlüsselbund zu geben, bis ich nahe daran war, ins Hotel zu ziehen. Kurz gesagt, er benahm sich wie eine quengelige alte Jungfer und schien beinahe eifersüchtig auf das Haus und seinen Inhalt zu sein, obwohl es im Grunde nie ihm gehört hatte. Abgesehen von all diesem Ärger fiel mir auch auf, daß sein Ideenbrunnen seit langem versiegt war und nur eine Kruste aus Meinungen zurückgeblieben war. Und sein einst offener Geist schloß langsam seine Schale wie eine tödlich verletzte Auster, die ungestört sterben will.

In diesen drei Tagen sah ich Erik, den »Neffen«, kein einziges Mal. Der Junge stand zu einer unchristlichen Zeit auf, zog seinen blauen Anton an und verließ um sechs Uhr morgens das Haus. Dieser unzivilisierte Stundenplan brachte ihn zwar drei Stunden, bevor Prick aus dem Büro kam, ins Haus zurück; aber ich kam jedesmal noch später, und jedesmal war Erik bereits zu Bett gegangen. Ich brannte immer noch vor Neugier. Warum hatte er geweint? Ich bekniete Prick so lange, bis er etwas verärgert sagte: »Ich habe ihn gescholten, weil er sich wie eine Frau benahm.«

»Inwiefern?« fragte ich und reizte ihn erneut. »So hast du ihn wohl auch behandelt, als du ihn im Bett hattest.«

Jetzt wurde er wütend. »Nun, diesmal kniete er und umarmte meine Beine, und er benahm sich wie eine dreckige ...« Er benutzte ein obszönes Wort, das auf heftigen Frauenhaß schließen ließ.

»Aber warum, um Himmels Willen, weinte er?« bohrte ich nach. Prick schien sich nicht wohl zu fühlen. Er schüttelte den Kopf und mit ihm die Hautfalten unter dem Kinn.

»Ach, er behauptete, daß ich ihn wie eine Hure behandle und ihm keinen Spaß gönne, wenn ich ihn ficke ... daß ich ihn rumkommandiere, daß ich ihn daran hindere, Mädchen kennenzulernen, weil er nur wenig französisch spricht, und vieles andere.« Er hob zornig die Schultern.

»Und?« fragte ich. »Stimmt das alles?« Prick wechselte das Thema. »Bring mir den Kopfsalat«, sagte er. »Was willst du heute Abend sonst noch im Salat haben?«

Danach entschied ich, daß ich selbst tun mußte, was ich getan haben wollte. Also war ich am nächsten Tag um vier Uhr zu Hause, als Erik heimkam. Ich lag im Morgenmantel auf dem Bett und las. Die Verbindungstür zwischen den beiden Räumen hatte ich in weiser Voraussicht offen gelassen. Ich hörte das dumpfe Echo der zufallenden Haustür, dann Schritte auf der Treppe, und schließlich öffnete er den Riegel an seiner Tür und trat ein. Das war mein Signal.

Ich stand auf und ging mit dem Buch in der Hand zur Tür. Das Zimmer war ziemlich hell, weil die Läden geöffnet waren. Ich war darauf vorbereitet, einen attraktiven jungen Mann zu sehen, und ich wurde nicht enttäuscht. Sein Haar fiel aus der kleinen blauen Arbeitermütze wie ein erstarrter, gekräuselter goldener Wasserfall. Seine breiten Schultern dehnten die bleiche Jeansjacke so sehr, daß sie auf dem mächtigen Brustkorb schier platzte. Durch die enge blaue Hose sah ich muskulöse Oberschenkel arbeiten, als er zwei Schritte ins Zimmer machte. Unter der Hose zeichnete sich ein üppiges Gehänge ab. Dann sah er mich und kam lächelnd und mit ausgestreckter Hand auf mich zu. »Ich ... bin ... Erik«, sagte er etwas abgehackt auf französisch. Dann wiederholte er es auf englisch und überraschte mich.

Ich antwortete ihm auf englisch. »Sie wissen vermutlich, wer ich bin.« Er nahm meine Hand in seine – sie war doppelt so groß und hatte einen starken Rücken mit zwei prallen Adern, die, wie ich ein wenig geistesabwesend bemerkte, in etwa wie ein umgekehrtes R aussahen. »Ich hätte nicht gedacht, daß Sie englisch sprechen.«

Er grinste noch breiter, und seine weißen Zähne blendeten mich.

»Bitte, sagen Sie ... Prick nicht. Ich lerne ... von amerikanischem Mädchen. Sie ist ... Tochter von amerikanischem Oberst hier.« Er senkte den Kopf, nestelte an seiner Mütze herum und warf sie dann plötzlich auf einen Stuhl. »Vielleicht ... ich heirate«, sagte er mit gerunzelter Stirn. »Verlasse ... das alles.« Er machte eine weit ausholende Geste. Dann sah er mich besorgt an. »Sie nichts sagen?« fragte er.

»Ganz bestimmt nicht«, versprach ich.

Er lächelte auf mich herab – er war mindestens fünfzehn Zentimeter größer als ich. Ich musterte seine vollen roten Lippen, die hohen Wangenknochen und den starken, slawischen Kiefer. Ohne jeden Grund spürte ich Panik. Dieser robuste junge Mann benahm sich bestimmt nicht »wie eine Frau«! Plötzlich versetzt er mich noch mehr in Erstaunen. Wir standen ziemlich nahe beisammen; er machte einen Schritt und legte mir einen Arm um die Schulter. Mit der anderen Hand hob er mein Kinn an und küßte mich voll auf den Mund. Ich spürte, wie seine Zunge kurz über meine Lippen strich, während er seinen Mund leicht öffnete; dann ließ er mich los und trat lächelnd zurück. Mein Herz klopfte.

»Ich glaube ... ist bin sicher ... Sie jetzt nichts sagen«. Er warf den Kopf zurück und lachte. Dann änderte sich seine Haltung ein klein wenig, und er fügte hinzu: »Jetzt ... Sie entschuldigen mich? Ich muß ... wie sagt man? Toilette machen.«

»J-ja«, stammelte ich. Ich zog den Gürtel meines Morgenmantels enger und stolperte zur Tür. Als ich zurückblickte, stieg er schon aus seiner blaßblauen Hose, und ich sah seine goldenen Schenkel ... dann ging ich keuchend und schwitzend in mein Zimmer, schloß die Tür und lehnte mich dagegen.

Mir blieben etwa zehn Minuten, um mich zu entscheiden. Er ließ kein Wasser in die Wanne laufen, aber ich hörte Spritzer. Ich konnte mir lebhaft vorstellen, daß er ein »kleines französisches Bad« nahm: Zuerst wusch er mit dem Lappen die herrlichen Arme und die breite Brust, dann hob er die Arme und rieb die Achselhöhlen kräftig; danach war der weiße Oberkörper an der Reihe, und schließlich hob er erst den einen, dann den anderen Fuß und stellte ihn in das Becken. Schwitzend ging ich im Zimmer herum. Dann sagte ich mir: Zur Hölle mit Prick – egal, was passiert.

Ich ging zurück in Eriks Zimmer, schloß die Fensterläden und knipste das schwache Nachtlicht am anderen Ende des Raumes an. Dann schlug ich die Bettdecke ein Stück zurück, warf meinen Morgenmantel auf seine Arbeitskleider und kroch ins Bett. Ich zitterte – aber nicht wegen der Kühle, die ich gar nicht wahrnahm.

Drei Minuten später hörte ich ihn kommen. Er sah mich nicht, weil das Kopfende des Bettes hoch war und ich in die dunkelste Ecke gerutscht war. Aber er merkte natürlich sofort, daß die Läden zu waren und daß das die kleine Lampe brannte. Er ging nackt durchs Zimmer zu seinen Kleidern, ganz lässig, und drehte sich immer noch nicht um. Er hob meinen Morgenmantel hoch und fummelte in der Tasche seiner Jacke herum. Als er seine Zigaretten gefunden hatte, zündete er eine an und fragte über die Schulter: »Sie wollen Zigarette?«

»Spä-später«, sagte ich mit erstickter Stimme. »Ich will ... dich.« Der prachtvolle weiße Körper mit den leicht gespreizten Beinen, den Mulden in den starken Hinterbacken, drehte sich um. Er lachte und setzte sich auf die Bettkante. Ich berührte die warme, nach Seife duftende Haut seines Brustkorbs. Dann drückte er sorgfältig seine Zigarette aus, beugte sich über mich und starrte mich aus klaren Augen durchdringend an. Langsam senkte das Gesicht sich auf mich herab, und ich ertrank in den blauen Augen.

Sein Mund öffnete sich, die geschwungenen Lippen waren

so nahe, daß sie wie ein gespannter Bogen aussahen. Die Zähne teilten sich, und die Zunge fand meine halb geöffneten Lippen und drang ein. Ich spürte die harte Säule seines Schwanzes am Bauch; er schob und stieß so kraftvoll, daß ich fürchtete, er werde die Bauchdecke durchstoßen.

Als wir eine Stunde später fertig waren, lagen keine Decken mehr auf dem Bett. Wir hatten nicht gezählt, wie oft wir gekommen waren oder wie oft er mich gefickt hatte. Zum Schluß lag sein gewaltiger Körper ruhig neben mir, abgesehen davon, daß er immer noch tief atmete. Beide waren wir schweißnaß.

Ich zweifelte nicht im geringsten daran, daß Erik sich an Prick für alles, was er mitgemacht hatte, rächen wollte. Jetzt konnte er sich wieder wie ein Mann fühlen, und mir hatte er ein neues Zentrum des Bewußtseins verschafft.

Plötzlich wurde das alte, öde Haus zu einem der angenehmsten Orte der Welt – denn ich behielt meine neue Lebensweise auch in der folgenden Woche bei. Das blaue Zimmer schien nur noch halb so kalt und feucht zu sein, und das rote – nun ja, das war ein warmer, heimeliger Schutz vor dem Regen, der heftig an die Fensterläden klatschte, ohne die neue Hitze in mir vertreiben oder lindern zu können. Und jeden Tag stand Erik auf, zog sich an und verschwand im großen Mund von Paris, ehe Prick nach Hause kam.

Ich merkte, daß Prick immer nervöser wurde, und amüsierte mich ein bißchen darüber. Einmal klagte er, Erik sei nie da und er sei lange nicht mehr in sein Zimmer gekommen.

»Er kennt niemanden in Paris«, schimpfte er. »Wo geht er hin? Was tut er?«

»Wahrscheinlich trinkt er nur etwas in einer Bar«, sagte ich, »und spielt mit den amerikanischen Flipperautomaten.«

Dann kam ich eines Abends selbst spät heim und fand Prick mit einem offenen Briefumschlag in der Hand vor, den er anstarrte. Er fluchte auf polnisch, als ich eintrat; dann stand er auf und öffnete eine Schublade. Während ich den Regenmantel auszog, fluchte er unaufhörlich.

»Was ist denn los?« fragte ich und drehte mich zu ihm um.

Er war dabei, den Umschlag wieder zuzukleben. Die Wut hatte seinem Gesicht jede Farbe geraubt. Zornig warf er den Umschlag weg.

»Dieses dreckige ... Schwein!« explodierte er.

»Wer?« erkundigte ich mich unschuldig.

»Ein Mädchen!« sagte er mit Haß in der Stimme. »Eine schmutzige amerikanische Schlampe. Erik hat sie irgendwie kennengelernt. Sie will ihn heute abend treffen.«

»Hast du den Brief geöffnet?« fragte ich ruhig.

»Natürlich!« schrie er. »Warum auch nicht? Ich bringe diesen Jungen von Polen nach Paris, ich behandle ihn gut und kaufe ihm Essen und Kleider – und er geht zu einer dreckigen ... Schwindlerin, die ...« Den Rest verstand ich nicht.

Ich hielt die Klappe. Die Wahrheit sah anders aus. Prick hatte aus dem Jungen einen Sklaven gemacht, hatte ihn eifersüchtig für sich reserviert und ihm jede Freiheit verweigert. Ich ging in mein Zimmer und ins Bett. Erst viel später hörte ich ihn und Erik heftig streiten. Am Kopfende meines Bettes war ein Sprechrohr angebracht, das in Pricks Schlafzimmer führte. Mit seiner Hilfe hatte einst die alte Comtesse ihre Zofe gerufen. Der Lärm war also deutlich zu hören – leider stritten sie auf polnisch, so daß ich kein Wort verstand. Aber der Krach brachte sogar das Metallrohr zum Klappern. Schließlich schloß ich die Klappe am offenen Ende; doch die Stimmen waren immer noch zu hören. Dann wurden Türen zugeschlagen, und ich vernahm, wie Erik sich auszog. Irrte ich mich, oder schluchzte er einmal laut auf? Jetzt war wohl nicht die richtige Zeit, ihn zu trösten.

In den nächsten zwei Tagen war Prick fast unausstehlich. Wieder dachte ich ernsthaft daran, in ein Hotel zu ziehen – aber dann hätte ich Erik nicht mehr gesehen, und wir verstanden uns immer besser. Er erzählte mir von dem Streit und wie Prick von dem Mädchen erfahren hatte.

»Nimm's leicht«, riet ich ihm. »Heirate sie einfach. Du gehörst ohnehin nicht ganz zu unserm Verein – du bist nur ein gesundes, sexhungriges Tier.«

Erik drehte sich um und lächelte mich über das Kissen hinweg an. »Du ... verstehst«, sagte er. Er packte meine Schulter mit seiner Pranke und grub die Finger ins Fleisch. »Ich ... mag dich.«

Ich streichelte seinen Schenkel.

Aber so konnte es nicht bleiben. Prick war eine Weile in übler Laune und blieb stumm. Dann kam eines Abends ein Besucher, ein Mann in einem schwarzen Regenmantel mit Gürtel. Ich hörte, wie Prick nach unten ging, um ihn einzulassen, und beobachtete durch den Türspalt, wie sie die Treppe hinaufstiegen. Mein Gewissen rührte sich kaum, als ich die Klappe des Sprechrohres öffnete. Diesmal sprachen sie nur französisch.

Ich lauschte mit wachsender Unruhe. Der Mann war offenbar ein guter Freund von Prick – sie duzten einander. Ich begriff, daß der Kerl ein Privatdetektiv war.

»– aber die Kleine weiß das nicht«, sagte Prick. »Du kannst ihr kurz deinen Ausweis zeigen. Sie kennt den Unterschied bestimmt nicht. Dann sagst du ihr, daß du von der Polizei bist. Sei ganz höflich und stelle ihr ein paar Fragen – wie lange sie Erik Tryczynski kennt, ob er je von seinen Vorstrafen gesprochen hat, als er aus Polen kam, ob er seine Verbindungen zu den Kommunisten erwähnt hat, ob er sie über ihren Vater ausgehorcht hat – du weißt schon, wie man das macht. Jag ihr aber nur Angst ein, kapiert?«

»Klar«, sagte der Kerl.

»Gut«, fuhr Prick fort. »Hier hast du was für deine Mühe. Du erstattest mir ausführlich Bericht, ja? Gehst du morgen zu ihr? Also, hier ist die Adresse: Patricia Turner – kannst du's lesen? –, 28 Boulevard Victor-Hugo, Neuilly ...«

Wie von selbst griff meine Hand nach einem Bleistift und schrieb den Namen und die Anschrift mit. Dann legte ich mich zurück und dachte nach. Das war ein schlauer Plan, und ich konnte nichts dagegen unternehmen. Der falsche Polizist würde Patricia Turner aufsuchen und verhören. Sie würde Angst bekommen – immerhin kannte sie Erik noch nicht lange und wußte vermutlich wenig über seine Vergangenheit. Und sie würde befürchten, ihren Vater in Schwierigkeiten zu bringen. Sie würde Erik einen Brief schreiben und ihm mitteilen, daß sie nach Amerika zurückgehen müsse oder etwas Ähnliches. Vielleicht würde sie wirklich abreisen. Und ich durfte Erik nichts sagen, weil Prick sofort Wind davon bekommen würde – und ich wollte es nicht zum Bruch kommen lassen.

Der Brief kam zwei Tage später. Ich sah, wie der Briefträger ihn durch den Schlitz im eisernen Zaun einwarf. Er fiel in den Briefkasten mit der gläsernen Rückwand, und ich ging hinunter, um die Sache zu überprüfen. Er war an Erik adressiert. Ich ging wieder hinauf, zog mich an und verließ das Haus. Ich wollte lieber nicht daheim sein, wenn Erik kam. Also ging ich an diesem Abend allein in ein ruhiges Lokal an der Rue Helder und aß. Erst gegen Mitternacht kam ich nach Hause. Aus Pricks Zimmer war nichts zu hören, und ich schaute behutsam in Eriks Zimmer. Sein Bett war leer. Traurig legte ich mich schlafen. Die Falle war zugeschnappt, das Tor hatte sich geschlossen. Erik hatte kaum noch Chancen zu entkommen. Jetzt war alles wie früher – hinter Pricks geschlossener Tür saß ein junger Mann im Gefängnis.

Ja, es war wirklich traurig – aber es ging mich nichts an. Ich hatte nur noch einen Tag, bevor ich in die Staaten zurückfliegen würde, und ich mußte in letzter Minute noch eine Menge Einkäufe machen. Und in der Parfümabteilung der Galéries Lafayette hatte ich plötzlich eine Idee.

An diesem Abend schrieb ich einen kleinen Brief an »Mlle. Patricia Turner« und schickte ihn an die Adresse in Neuilly. Ich schrieb:

»Liebes Fräulein Turner,

der Mann, den Sie für einen Pariser Polizisten hielten, war nur ein Privatdetektiv. Er wurde von einem Homosexuellen angeheuert, der in Erik verliebt und auf Sie eifersüchtig ist. Der Brief sollte Sie so erschrecken, daß Sie Erik verlassen.

Erik ist ein anständiger junger Mann. Er ist kein Spion, kein Krimineller und kein Kommunist. Und er ist nicht homosexuell – es sei denn, Sie machen ihn dazu, indem Sie ihn verlassen.

Bitte, sagen Sie Erik nicht, wie Sie das herausgefunden haben. Er würde sofort wissen, wer ihm zu helfen versucht. Ich hoffe, Sie werden ihn heiraten und zusammen glücklich sein.«

Ich unterschrieb den Brief nicht und warf ihn in den Briefkasten, bevor ich den Bus zum Flughafen Orly bestieg. Mein Eingreifen rechtfertigte ich damit, daß ich einmal Pfadfinder gewesen war – also war es meine Pflicht, jeden Tag eine gute Tat zu tun! Als der Brief in den Kasten fiel, hatte ich das Gefühl, daß diese gute Tat für ein ganzes Jahr reichte.

DER MOTORRADFAHRER

Ich schätze, ich bin tatsächlich ein harter Bursche. Manche Leute behaupten das jedenfalls. Ich weiß nicht genau, warum. Es hat wohl etwas mit meinem Aussehen zu tun oder mit meiner Angewohnheit, die Augen zusammenzukneifen, wenn ich mit jemandem rede. Vielleicht habe ich mir schon einen entsprechenden Ruf erworben – ein paar Kerle empfehlen mich weiter, wenn Sie wissen, was ich meine. Ein Schwuler in Kansas City sagte hinterher, ich hätte ihn zu Tode erschreckt – vor allem meine Koteletten. Und ein Stiefelfan in San Francisco – einer von den Spinnern, die es mögen, wenn du ihnen die Fresse mit dem Stiefel polierst und sie zwingst, dir den Schwanz zu lutschen – sagte, ich sei ein rauher Bursche, weil ich die Motorradmütze so und so trage.

Wie gesagt, ich weiß es nicht, aber auf meinem Trip durch unsere hochgeschätzten Vereinigten Staaten habe ich immer gekriegt, was ich wollte. Klar, auch Mösen, sogar 'ne ganze Menge. Sie sind genau so scharf auf mich wie die Tunten. Aber nach ein paar Jahren auf der Straße und in San Quentin wegen einer falschen Anklage bin ich nicht mehr so scharf auf Mösen – sie sind so verdammt schlaff. Sie wollen unbedingt, daß ich ihnen die Titten oder die Pussi lecke, und dann kommen sie, wenn ich noch weit vom Gipfel entfernt bin. In San Quentin waren ein paar verdammt nette Jungs. Einer von ihnen kannte mehr Tricks mit dem Mund als jede Möse, die ich je getroffen habe. Es war herrlich! Er strich mit der Zunge über das Ende meines Schwanzes oder ließ sie irgendwie auf der Eichel vibrieren, oder er steckte ihn bis zur Wurzel in den Rachen. Das machte mich ganz wild, und ich packte seinen

Kopf und drückte ihn nach unten, bis er würgte. Einmal drückte ich zu stark und zerriß diese Haut hinten im Rachen. Mann, er sah vielleicht krank aus! Aber eine Woche später, als er aus dem Krankenrevier zurückkam, wollte er meine dreiundzwanzig Zentimeter gleich wieder haben.

Ja, soviel habe ich. Nicht besonders viel, was? Aber ich beherrsche damit mehr Tricks als ein zwölf Meter langer Weinstock. Klar, Mac, du kannst mir 'nen Drink bestellen – Bourbon pur. Ja, in der Marine war ich auch 'ne Weile. Meine heisere Stimme hat's dir verraten, stimmt's? Was, du auch? Also, ich heiße Jack. Zweiundsechzig, eins neunzig, eigene Haare, echte Zähne. Achtundzwanzig, frei, weiß, ungebunden. Bin erst heute Nachmittag in die Stadt gekommen.

Oh, ich hab *'ne Menge* Abenteuer erlebt. Alles, was du willst – Männer, Frauen, Tiere ... Klar – Schafe. Gar nicht so schlecht, in 'nem hübschen kleinen Schaf zu stecken. Du mußt nur aufpassen, daß es dich nicht anscheißt. Männer? Ach Gott – Dutzende auf dem Weg von St. Louis nach hier.

Ach ja, da war zum Beispiel der Kleine, den ich in Kansas traf, ungefähr vor drei Wochen, also Mitte August. Ich fuhr auf der Autobahn mit Schutzbrille und allem drum und dran und hatte an diesem Tag rund 560 Kilometer zurückgelegt, obwohl ich spät gestartet war. War in St. Louis ziemlich blau und bin erst gegen Mittag aufgestanden. Na ja, mein alter Arsch war müde, und eine Fahrt durch Kansas ist ganz schön monoton – nichts als schnurgerade Straßen, die am Horizont verschwinden. Der Wind kühlte mich, aber ich war irgendwie geil – du weißt, wie das ist. Wir Motorradfahrer nennen es Straßenbrand – dein Schwanz wird beim Fahren hart, und du glaubst, du drehst durch. Hätte mich auf der Stelle blasen lassen. Aber ich war den ganzen Nachmittag geil. Mein Johnny liegt da auf dem Fahrersitz, hebt den Kopf und schaut sich um – du weißt, was ich meine. Mann, ist es nicht herrlich, daß Schwänze 'ne Art Eigenleben haben?

Tja, ich halte also auf den Feldern Ausschau nach 'nem Kalb, obwohl die Jahreszeit nicht gerade günstig ist, und auf einmal sehe ich, daß sich im Süden ein Sturm zusammenbraut. Konnte mir ausrechnen, daß er mich in etwa einer halben Stunde erwischen würde. Also mußte ich mich irgendwo unterstellen. Aber ich hab mich wohl verrechnet – schon nach zehn Minuten spürte ich ein paar Tropfen, und weit und breit war kein Unterschlupf zu sehen. Ich fing schon an zu fluchen, als ich ein paar Bäume sah, die ersten seit etlichen Kilometern, und gleich neben der Straße stand ein Bauernbursche und hob den Daumen. Normalerweise nehme ich nicht gerne Anhalter mit – es wird schwieriger, die Balance zu halten. Und wenn einer noch nie Motorrad gefahren ist, schmeißt er dich wahrscheinlich um, wenn du dich in die Kurve legst oder hundertdreißig fährst. Mann, das ist tödlich! Darum halte ich nie, aber dieses Mal tat ich es. Dachte, der Bursche kennt vielleicht 'nen Platz, wo man sich unterstellen kann. Die Tropfen wurden nämlich dicker.

Also fahre ich an die Seite.

»Hallo!« sagt er. »Nimmst du mich mit?«

»Kannst du Motorrad fahren?« fragte ich.

»Klar«, sagt er. »Bin selber lange gefahren.«

»Kann ich irgendwo unterschlüpfen, wo ich nicht naß werde?« frage ich.

»Sicher«, sagt er. »Ungefähr eineinhalb Kilometer von hier auf der Stafford Farm. Der alte Stafford hat 'ne Scheune, etwa zwei Kilometer vom Haus entfernt. Da können wir rein.«

»Okay«, sagte ich. »Hüpf rauf.«

Er sah gut aus, ungefähr fünf Zentimeter kleiner als ich, und er hatte blondes Kraushaar und war gut gebräunt. Irgendwie beneidete ich ihn, weil meine Schutzbrille weiße Ringe um die Augen zurückläßt. Er hatte einen Overall an mit 'nem Latz vorne, du weißt schon – mit Trägern über den Schultern. Er war gut gebaut, besser als ich, und ich bin bestimmt nicht schlecht. Und der Overall paßte ihm wie ein Handschuh. Als ich seinen niedlichen kleinen Arsch sah, begann mein Schwanz sich zu regen. Er war verdammt stramm, und ich stellte mir vor, wie ich die Backen auseinanderziehe, als wären es Kohlblätter, und meine alte Flinte bis zum Anschlag reinschiebe. Ich sah, daß er selber 'ne ganz schöne Beule vorne an der Hose hatte.

Er sprang auf, dann wartete er. »Was ist los?« knurre ich. »Halt dich an mir fest, und los geht's. In 'ner Minute regnet es Bindfäden.«

Er drückte sich an mich und legte mir ein bißchen schüchtern die Arme um die Mitte. Mir fiel ein, daß mein Hemd bis zum Nabel offen war – er mußte also meinen haarigen Bauch umklammern. »Komm schon«, sage ich, »die paar Haare tun dir nichts. Halt dich gut fest.« Jetzt tat er's und verschränkte seine kräftigen Unterarme vor mir. Er roch nach Heu, frisch und gut. Wir fuhren in Richtung Scheune.

Keine Minute zu spät! Ungefähr achthundert Meter vor dem Ziel goß es wie aus Kübeln. Ich hatte Angst um den verdammten Motor. Der Junge hinter mir keuchte, er hatte keine Brille und war halb blind vom Regen. Endlich schrie er mir ins Ohr: »Da ist sie!« Ich ratterte zur Tür, so daß der Kies spritzte. Er sprang ab und rannte um die Ecke, und schon nach einer Minute machte er die Tür von innen auf. Ich fuhr rein.

Wir waren beide naß bis auf die Haut. Das Wasser lief aus meinen Jeans und wäre in die Stiefel gelaufen, wenn ich sie beim Fahren nicht nach unten gedrückt hätte. Der Junge lachte und versuchte, sich die Haare aus dem Gesicht zu wischen. Sein Overall war patschnaß, außer einem großen, trockenen Fleck an der Vorderseite, da wo er mich umklammert hatte.

»Schätze, wir müssen unsere Sachen trocknen«, sage ich.

»Wie?« sagt er. »Die Sonne scheint erst morgen wieder, und hier drin können wir kein Feuer anzünden.«

»Na schön«, sage ich. »Anscheinend stecken wir heute Nacht hier fest oder bis der Regen aufhört.«

»Ja, sieht so aus«, sagt er. Er sah besorgt aus. »Was werden meine Leute denken?«

»Wieso?« frage ich ein bißchen spöttisch. »Weil du die Nacht mit 'nem fremden Mann in der Scheune verbringst?«

Er wurde feuerrot. »Nein«, sagt er. »Aber sie machen sich Sorgen.« Er fing an, die Schultergurte zu lösen, dann schälte er sich aus dem Overall. Schälen ist das richtige Wort. Er war von der Nässe noch enger geworden, aber er schaffte es. Ich zog meine tropfenden Jeans aus und hängte sie auf, Mütze und Stiefel behielt ich an. Er stellte einen Fuß auf eine Kiste und wischte sich mit den Händen das Wasser ab, und er fröstelte ein bißchen. Er drehte mir den Rücken zu – wahrscheinlich war er verlegen. Mir war's recht, weil ich so den Teil sehen konnte, der mich interessierte. Mann, was für eine tolle Rückseite! Wirklich muskulöse Beine. Aber am besten gefiel mir der stramme kleine Arsch. Er sah hart wie Stein aus. Vor dem geistigen Auge sah ich mich schon die Hinterbacken öffnen wie 'ne Auster und in die gemütliche, warme Höhle eindringen. Aber ich mußte mit der Träumerei aufhören, weil mein Schwanz hart wurde. Außerdem wollte ich den Jungen nicht zu Tode erschrecken. Ich öffnete meinen Rucksack und warf ihm ein Handtuch zu.

»Da«, sage ich. »Trockne dich ab.«

»Oh, danke«, sagt er. Er nahm es, rieb die Haare trocken und schrubbte sich dann ordentlich ab. Aber er drehte sich immer noch um, als wolle er seinen Schwanz verstecken. Ich holte ein Fläschchen Schnaps aus dem Rucksack und nahm einen tüchtigen Schluck. Als ich wieder atmen konnte, fragte ich: »Wie heißt du, Kleiner? Wir können doch nicht die Nacht hier verbringen, ohne uns vorzustellen. Ich bin Jack.« Ich streckte die Hand aus. Jetzt mußte er sich umdrehen, und ich schaute zu seinem Schwanz hinunter.

»Ed«, sagt er. »Ed Johnson.« Dann merkte er, wo ich hinschaute, und hätte seinen Pimmel fast mit dem Handtuch zugedeckt. Aber dann sah er wohl ein, wie lächerlich das war, und er zog das Handtuch weg. Ich hatte immer noch die Flasche in der Hand. »Ein Drink?« fragte ich und grinste ihn an. Dieses Lächeln hat schon mehr Mösen umgehauen, als du dir vorstellen kannst, und er fiel auch darauf rein. Er grinste ein wenig zurück und griff nach der Flasche.

»Whiskey?« fragte er unsicher.

»Nein, Muttermilch!« sage ich. Gut für dich. Dann kriegst du keine Lungenentzündung.«

Seine Farbe wurde wieder normal. Er nahm die Flasche,

schraubte sie auf – und trank sie halb aus. Er ließ das Zeug einfach in sich reinlaufen, ohne zu schlucken. Dann reichte er mir die Flasche und grinste.

»Kriegst du noch Luft?« frage ich. Er keuchte nicht einmal, wie ich es an seiner Stelle getan hätte.

»Zum Teufel, klar«, sagt er. »Wir Bauernburschen wachsen mit Maisschnaps auf. Pa hat sich 'ne Destillieranlage gebaut, und ich hab jeden Samstagabend heimlich getrunken. Gutes Zeug ... Jack«, fügte er freundlich hinzu.

In ungefähr fünfzehn Minuten soffen wir die Flasche leer, und er saß da mit diesem großen Ding, das zwischen seinen Beinen baumelte. Seiner war fast so groß wie meiner. Und ich merkte bald, daß er doch nicht so an Whiskey gewöhnt war, wie er geprahlt hatte. Er fing an, ein wenig zu gähnen, und dann legte er sich in einen Heuhaufen und schloß die Augen.

Der Regen hatte nicht nachgelassen, und ich wurde auch schläfrig. In der Scheune war es höllisch heiß, und die kühle Luft von der Tür kam nicht weit. Also gähnte ich ein paarmal, aber er rührte sich nicht.

»Ich glaube, ich hau mich auch ins Heu«, sagte ich. Er murmelte etwas und bewegte einen Arm. Er lag mit weit gespreizten Beinen da, und sein Schwanz war geschwollen, aber nicht steif. Ich ließ mich auf einen Hauhaufen neben ihm fallen, legte mich zurück und schloß die Augen.

Verdammt, ich lag kaum eine Minute still, da hörte ich, wie er aufstand und zu mir schlich. Dann ging er anscheinend neben mir in die Hocke, denn ich hörte ihn schwer und kurz atmen. Ich ließ die Augen zu und die Hände hinter dem Kopf und stellte mich schlafend. Aber ich schob die Hüfte nach oben, und weil ich wußte, daß der Junge neben mir war, wurde mein Schwanz langsam hart, und bald stand er steil in die Höhe. Ich wußte, daß der Kleine ihn anstarrte, denn ihm stockte der Atem. Aber auf einmal hielt er es nicht mehr aus – er atmete schneller, ich hörte es trotz des Regens, der aufs Dach klatschte. Mein Schwanz war jetzt wie ein Turm, und ich ließ ihn einmal zucken, so daß die Eichel richtig dick und rot wurde. Er japste nach Luft – also hatte er es gesehen.

Junge Bürschchen sind lustig, besonders Bauernjungs. Natürlich wissen sie alles über Sex, aber mit Menschen haben sie wenig Erfahrung. Bestimmt bewunderte er meinen Schwanz, weil er groß und sauber und hart war. Er fasziniert jeden, der ihn sieht, und erst recht jeden, der ihn schmeckt. Schließlich weiß ich, wie man damit umgeht! Ich habe vielleicht nicht viel Grips, aber ficken habe ich gelernt, soviel ist sicher. Übung hab ich ja genug gehabt.

Jedenfalls spürte ich schon eine Minute später seine Hand an meinem Schwanz – nur eine leichte Berührung wie eine Feder. Dann zog er die Hand wieder zurück. Ich ließ meinen Schwanz noch einmal zucken, du weißt schon, wie wenn du schläfst und jemand packt dich am Schwanz. Aber das ist ja alles Quatsch – nichts weckt dich schneller als eine Hand oder ein Mund an deinem Schwanz.

Klar, daß seine Hand bald wieder da war. Er legte den Daumen an die Seite und packte ihn an der Wurzel. Dann drückte er ihn ein paarmal, und ich ließ ihn in seiner Hand zucken. Er schluckte schwer und bearbeitete ihn weiter, bis er hart wie Stein war. Aber ich ließ die Augen zu, bis er sicher war, daß ich nicht aufwachen würde. Dann hatte ich dieses angenehme Gefühl und dachte, verdammt nochmal, ich will doch nicht in seine Hand abspritzen! Also öffnete ich die Augen weit, ohne mich zu bewegen, und sah ihn an.

Zuerst merkte er nichts. Seine Lippen waren ein bißchen offen, seine Augen glänzten, und er starrte meinen Schwanz an, während er ihn wichste. Seiner war auch hart und stand steif nach vorne; die Eichel war dunkelrot. Ich sah ein bißchen Schweiß auf seinen Schultern und seinem Rücken.

Dann sagte ich ganz ruhig: »Er gefällt dir anscheinend, Kleiner, stimmt's?« Er fuhr wie von der Tarantel gestochen zurück und schaute mich aus großen blauen Augen erschrocken an. Aber meinen Schwanz ließ er nicht los. Er befeuchtete die Lippen ein wenig und sagte: »Er ist wirklich groß.«

Ich schob die Hüfte hoch und preßte sie an seinen Kopf. »Willst du ihn?« fragte ich ganz lässig, und er schluckte wieder und nickte. Dann sagte er: »Aber was soll ich machen? Soll ich dich wichsen?«

Jetzt reichte es mir. »Heiliger Strohsack!« sagte ich. »Was zum Teufel soll das – wichsen? Das ist was für Babys. Blas mir einen!«

»Blasen?« fragt er, anscheinend verdutzt. »So ...?«

Ob du's glaubst oder nicht, der Hundesohn pustete doch tatsächlich meinen Schwanz an! Ich fluchte. »Verdammter Mist. Hast du noch nie einen Schwanz geblasen? Bück dich, nimm ihn in den Mund, und lutsch ihn! Blasen ist nur eine ... so eine Redensart.«

Er ließ ihn los. »Aber das habe ich noch nie getan«, sagt er. Ich glaube, er war erschrocken.

Ich sprang von meinem Heuhaufen. »Bei Gott«, sage ich, »morgen früh wirst du das nicht mehr behaupten können!« Dann packte ich ihn an den Schultern und drehte ihn so, daß mein linkes Bein an seiner Brust lag und mein Schwanz etwa eine Länge von seiner Nase entfernt hüpfte. Jetzt packte ich ihn am linken Handgelenk und gleichzeitig am Kopf und drückte ihn runter, so daß er eingeklemmt war und sich nicht mehr bewegen konnte. Dann schob ich ihn auf meine Eichel zu. Er wehrte sich mit seinen Nackenmuskeln und versuchte, sich loszureißen; aber ich hielt ihn fest.

Dann versuchte er, es mir auszureden, und seine Stimme klang furchtsam. »Jack ... bitte! Bitte, tu's nicht! Ich habe das noch nie gemacht. Bitte – ich wichse dich, wenn du willst.«

»Nichts da!« sagte ich und drückte seinen Kopf weiter nach unten. Seine Nackenmuskeln spannten sich an, und er zappelte und versuchte, sich zu befreien. Ich lachte. »Eddy, mein Junge«, sage ich, »so ein kleiner Schwanz wird dir nicht weh tun. Er wird dir bestimmt gefallen, sobald du ihn schmeckst und ihn ihm Rachen spürst. Ein ordentlicher, sauberer Schwanz hat noch niemandem geschadet.« Er preßte die Lippen fest zusammen, aber mein Schwanz näherte sich seinen Lippen bis auf anderthalb Zentimeter. Er verdrehte den Kopf, schaute bittend zu mir hinauf und wimmerte ein bißchen.

»Ich bin kein Schwanzlu...« begann er, und genau in diesem

Augenblick, als sein Mund sich öffnete, stieß ich seinen Kopf kräftig nach unten, und die ganze Eichel verschwand in seinem Mund. Ich spürte seine Zähne und pochte mit dem Ellbogen auf seinen Hals. »Verdammt«, sagte ich, »wenn du mich beißt, schlage ich dir das Hirn aus dem Schädel. Los jetzt – lutschen!«

Mein Schwanz war groß, und jedesmal, wenn ich ihn nach unten drückte, kriegte er keine Luft mehr. Seine Augen tränten, aber ich änderte meine Position und legte ihm das linke Bein um den Hals. Dann drückte ich ihn runter auf die Knie und schob die Hüfte vor, damit er die ganzen dreiundzwanzig Zentimeter genießen konnte. Mit den Händen umklammerte ich seinen Nacken. Verdammt, das war ein tolles Gefühl! Jetzt wehrte er sich kaum noch, und nach einer Weile spürte ich eine Veränderung. Er stemmte die Arme nicht mehr gegen mich, sondern ließ eine Hand zwischen meine Beine gleiten und begann mit meinem Arsch zu spielen. Mit dem anderen Arm umschlang er mein Bein – und schob einen Finger in mein Arschloch. Ich flippte schier aus! Wenn jemand die Zunge oder einen Finger in meinen Arsch steckt, drehe ich durch.

Langsam gefiel es ihm, soviel ist sicher. Als ich kurz vor dem Abspritzen stand – ich spürte schon dieses Kitzeln überall an den Beinen und im Bauch –, sah ich etwa drei Meter entfernt eine Kiste. Ich zog den Schwanz aus seinem Mund und hob den Burschen hoch.

»Was ist los?« fragt er. »Bist du verrückt? Ich bin noch nicht fertig!« Er wollte wieder hinknien, aber ich packte ihn an den Schultern und schob ihn zur Kiste. »Leg dich da drauf«, sage ich.

Er schaute sie an. »Wie?« fragt er verblüfft.

»Auf den Rücken«, sage ich. »Ich bring dir umgekehrtes Englisch bei.« Er gehorchte. Dann stellte ich mich an die andere Seite der Kiste und nahm seinen Kopf zwischen die Beine. Er öffnete den Mund und begann meinen Schwanz zu schlucken. Das ist meine Lieblingsposition. Der Rachen ist geöffnet, und man kann tiefer reinstoßen. Ich packte ihn am

Kopf und drückte die Finger in die Seiten seiner Kiefer. Dann fing ich an, seinen Mund zu ficken, zuerst langsam und leicht und ohne Rücksicht auf sein Würgen. Das machte mich noch geiler. Aber anstatt mich wegzuschieben, umklammerte er mit den Armen meine Beine und zog mich näher heran.

Jetzt pumpte ich schneller, und mein Schwanz schwoll an. Ich war fast soweit, und er auch, schätze ich. Seine Eichel war purpurrot – es war 'ne Art zorniges Rot –, und die Adern traten hervor. Und dann – rate mal! Ganz plötzlich spritzte er ab, ohne daß ich seinen Schwanz berührte. Der Saft schoß senkrecht in die Luft und regnete auf seinen Bauch, während er sich krümmte und wand. Ein dicker Batzen traf mich an der Schulter. Ich beugte mich vor und leckte ihn ab, und in diesem Moment spürte ich, daß ich auch explodierte. Mann, er bekam eine ganz schöne Ladung verpaßt! Es hörte gar nicht mehr auf. Er würgte, und sein Mund füllte sich, und der Saft lief an den Seiten hinunter, am Hals hinab und über die Schultern. Eine derart geballte Ladung hatte ich schon lange nicht mehr abgeschossen. Die Muskeln in meinen Arschbacken hörten gar nicht auf zu arbeiten, und meine Beine blieben straff gespannt. Ich preßte den Bauch weiter an sein Kinn. Er versuchte aufzustehen – wahrscheinlich wollte er den Saft ausspucken – *meinen* Saft! Also rammte ich ihm den Schwanz noch tiefer in den Rachen, packte ihn unterm Kinn und würgte ihn ein bißchen mit der Hand am Hals. »Verdammt nochmal«, sage ich, »schluck's runter, und zwar alles!« Dann hörte ich ihn schlucken, und alles lief runter. Jetzt war ich zufrieden. Niemand spuckt mein gutes Sperma aus, wenn ich es verhindern kann. Ganz langsam zog ich meinen Schwanz aus seinem Mund. Er sackte zusammen und fiel von der Kiste ins Heu. Dann lehnte er sich japsend und außer Atem an die Kiste. Sein Gesicht war naß von den Tränen, die ihm gekommen waren, als ich meinen Schwanz in ihn reingestoßen hatte. Seine blonden Haare waren zerzaust, und er tat mir ein bißchen leid. Ich hatte den armen Kerl wirklich hart rangenommen, und dabei war es seine erste Erfahrung dieser Art gewesen. Manchmal, wenn ich geil bin, vergesse ich, wie groß mein Schwanz ist – aber ein steifer Schwanz hat eben kein Gewissen, wie der Volksmund sagt. Ich holte einen Lappen aus meinem Rucksack und wischte das Sperma auf seinem Bauch ab. Sein Brustkorb hob und senkte sich immer noch heftig, und er hatte die Augen geschlossen. Sein Schwanz tropfte noch; er war in der Mitte ein wenig gebogen. Ich schätze, ich habe nicht viel von dem Saft abgewischt, sondern das Zeug nur verteilt, damit es sich klebrig und später hart anfühlte.

»Bist du geschafft, Kleiner?« frage ich auf den Knien. Er öffnete ein Auge und nickte, konnte aber noch nicht sprechen. So wie er dasaß, mit hochgezogenen Beinen, konnte ich einen Blick auf die festen, kleinen braunen Arschbacken werfen, und so wahr mir Gott helfe – mein Schwanz wurde schon wieder steif. Oder war er gar nicht schlaff geworden?

»Das war noch gar nichts«, sage ich. »Nur eine kleine Vorspeise. Jetzt kommt das Hauptgericht, okay?«

Er öffnete die Augen weit, aber nicht halb so erschrocken wie vorhin. Er lächelte sogar ein wenig. Das genügte mir. Ich packte seine Beine und hob sie hoch, dann schnappte ich mir die Oberschenkel, bevor sie runterfallen konnten. Jetzt war sein Arschloch entblößt. Es starrte mich an wie ein braunes Auge, klein und sauber. Und es zog sich anscheinend zusammen, wenn du weißt, was ich meine. Es wartete auf das, was kommen sollte, und hatte immer noch ein bißchen Angst. Also schob ich mein Gesicht zwischen die weichen Backen – ich war unrasiert und muß sie ganz schön zerkratzt haben –, und schon wurde sein Schwanz wieder hart. Ich streckte die Zunge heraus und kostete dieses Löchlein. Zuerst fuhr ich den Rand entlang und sah, wie es zurückzuckte; dann preßte ich das Gesicht an seinen Arsch, holte tief Luft und schob die Zunge hinein, so tief es ging. Dann wackelte ich mit der Zungenspitze. Der Kleine mochte es. Er ächzte und stöhnte vor Lust und schob mir seinen Arsch entgegen. Ich zog die Zunge heraus und leckte sein Arschloch wie ein Lutschbonbon – lang, langsam, auf und ab. Mann, das gefiel dem Bürschchen!

Er griff nach meinem Stiefel und zerrte daran. Ich verlor das Gleichgewicht und fiel etwas zurück, so daß seine Beine sich senkten. Er lag keuchend und entspannt da. Ich stand auf, packte ihn unter den Achselhöhlen und hob ihn auf die Kiste hinauf. Er war ziemlich schlapp, und ein Arm hing an der Seite herab. Ich schob sein rechtes Bein zur Seite, hob das andere hoch und legte es auf die Kiste. Dann kniete ich wieder hin und leckte ihm noch einmal das Arschloch – aber diesmal ließ ich 'ne Menge Spucke zurück, und außerdem bestrich ich meinen Schwanz mit Spucke. Dann zwängte ich seine Beine auseinander und drang ein.

Zuerst war ich vorsichtig, weißt du, ganz behutsam, damit der Muskel Zeit hatte, sich zu entspannen. Der Junge stöhnte einmal, aber er hielt den Kopf still und die Augen geschlossen.

Mannomann – hast du je 'nen Jungen gefickt? Ja? Es ist großartig – viel besser als 'ne Frau, oder? Er ist immer eng und wird nicht schlaff wie 'ne Möse, wenn sie kommt. Mensch, der Kleine war 'ne Wucht! Ich habe nie ein Arschloch gefunden, das so eng und sauber war. Mein Schwanz paßte rein, als sei es für ihn maßgeschneidert worden. Ich schob ihn langsam rein, wie gesagt, aber ich hörte erst auf, als er ganz drin war, die ganzen dreiundzwanzig Zentimeter. Offenbar habe ich die Drüse da drin gestreift, denn sein Körper fing auf einmal an zu zucken. Aber er spritzte nicht ab.

Ich hatte das Gefühl, mein Schwanz liegt in warmem Leder, das schrumpft, wenn es naß wird, und ihn richtig hart zusammenquetscht. Dann fing ich an, ihn zu ficken, mit langen, lockeren Stößen. Ich zog meinen Schwanz bis knapp an die Spitze heraus, und dann schob ich die dicke Eichel wieder rein, soweit es ging. Beim Rausziehen schaute ich zu, wie das Loch weiter wurde und sich zusammenzog – anscheinend wollte es den Schwanz festhalten.

Allmählich trocknete die Spucke. Was für ein Gefühl, ins Trockene vorzustoßen! Ich wußte, daß es weh tat, aber zum Teufel, das war mir jetzt egal. Er warf den Kopf von einer Seite zur anderen und stöhnte.

Wenn ich so dastehe, kann ich nicht abspritzen. Also zog ich meinen Schwanz raus, hob den Jungen hoch und hielt ihn fest. Er klammerte sich an mich. Ich setzte mich auf die Kiste und zog ihn mit dem Rücken an meinen Bauch, so daß er mit dem Arsch über meinem Schwanz auf meinem Schoß saß. Ich hob eines seiner Beine hoch, schob den Arm darunter, und zwickte seinen Nippel. Mit der anderen Hand packte ich seinen Schwanz. Dann ließ ich ihn sinken, bis mein Schwanz sein Arschloch küßte. Und dann – wumm! – drückte ich ihn gewaltsam auf meinen Schwanz – Mann, er brüllte ganz schön! Seine Arme zog ich hoch, packte ein Handgelenk und drückte den Kopf zurück. Dabei stieß ich meinen Schwanz weiter in ihn rein, trocken wie er war, bis er bis zur Wurzel drin steckte. Kaum zu glauben, wie er ihn da drin zusammenpreßte!

Dann fing ich an zu schaukeln – verstehst du? Ich saß auf der Kante der Kiste und hob ihn mit den Beinmuskeln rauf und runter. Und gleichzeitig wichste ich ihn. Aber nur dreimal – dann spritzte er wieder ab, gut zweieinhalb Meter weit. Und als er kam, zog sich sein Arsch so kräftig um meinen Schwanz zusammen, daß auch ich explodierte. Meine Eichel wurde heiß wie die Hölle und spuckte aus, was noch drin war.

Dann sackte er zusammen, und ich stand auf – das war gar nicht so leicht, weil er ein stämmiger Kerl war – und ging mit ihm rüber zum Heu. Mein Schwanz steckte immer noch in ihm. Dort ließ ich mich fallen. Er war total abgeschlafft. Langsam zog ich meinen Schwanz raus – es gab ein dumpfes, schmatzendes Geräusch – und wischte ihn mit einer Handvoll Heu ab. Dann legte ich mich neben den Jungen und umarmte ihn. Ich glaube ich bin ein paar Minuten eingeschlafen.

Und als ich aufwachte – bei Gott, da war sein Kopf schon wieder zwischen meinen Beinen, und er lutschte meinen Schwanz wie ein Meister. Sein steifer Schwanz stand genau vor meinem Gesicht, und ich brauchte nur ein bißchen daran zu lecken und – peng! Er spritzte mir voll ins Gesicht. In diesem Moment kam es mir auch, und er wurde nicht weniger naß.

Zufällig schaute ich hinauf auf den Heuboden, und ob du's glaubst oder nicht – da war noch ein Kerl und holte sich einen runter! Er hatte uns die ganze Zeit beobachtet! »He!« schrie ich zu ihm rauf. »Komm her und mach mit!« Er stand auf und kletterte die Leiter runter.

Wie? Was sagst du? Geht's dir nicht gut, Mac? Ach so, mehr kannst du nicht verkraften? Dachte, schmutzige Geschichten gefallen dir. Mann, gerade wenn's interessant wird ...

Wie? Du meinst, nicht hier in der Bar? Nein, macht mir nichts aus. Ich komme mit. Wo wohnst du? Weit weg? Ich muß rechtzeitig in der Jugendherberge sein. Muß morgen früh aufstehen, schon gegen sieben.

Zum Teufel, Mac, es stört mich nicht, daß du 'n Transvestit bist, oder seh ich so aus? Ich bin schon wieder geil, Mann – so wie immer. Wie hättest du's gern? Okay, kein Problem. Vielleicht sogar ein wenig Pisse im Mund, was? Gut für die Verdauung.

Also los, Mac, gehen wir.

DSCHUNGELKATZE

Der junge Mann, der zur Tür hereinkam, sah nicht so aus, wie ich es erwartet hatte. Normalerweise schickte mir Mike ganz gewöhnliche Typen, aber dieser fiel aus dem Rahmen. Er war nicht größer als ich, und ich bin durchschnittlich groß. Aber damit waren die Ähnlichkeiten zu Ende.

»Angelo wird dir gefallen«, hatte Mike am Telefon gesagt. »Er kommt aus Puerto Rico.«

»Wieviel?« fragte ich.

»Nur zwanzig«, sagte Mike. »Er hat innen an der rechten Wade ein Abzeichen seiner ehemaligen Straßengang. Das möchte er gerne loshaben. Schaffst du das?«

»Kaum«, sagte ich. »Das ist was für 'nen Arzt. Aber ich kann es mit einem anderen Tatoo verdecken.«

»Nee«, sagte Mike. »Das will er nicht. Er ist Gewichtheber, und wer Tatoos hat, verliert Punkte. Aber du kannst ja mal mit ihm reden.«

»Okay«, sagte ich, und Mike hängte auf.

Keine zwanzig Minuten später war Angelo da. Er stand ziemlich zögerlich im Laden in der Nähe der Tür. Ich musterte ihn rasch und etwas aufgeregt. Mit Wohlgefallen schweifte mein Blick über sein gewelltes blauschwarzes Haar, und mir entging auch die kleine Locke nicht, die er derart sorgsam drapiert hatte, daß sie auf seine etwas tiefe Stirn fiel. Seine Wimpern paßten nicht zu einem Männergesicht – sie waren lang und schwarz, und unter ihnen lagen tiefschwarze Augen, die mich ebenso gründlich betrachteten wie meine ihn musterten. Seine Wangen hatten ordentliche männliche Ebenen, und die Haut war straff. Und was für eine Haut! Klar und makellos, goldbraun von der karibischen Sonne, dunkelrot auf den Wangenknochen, wo die Sommersonne bestimmt gerne verweilte, weil sie wußte, daß er einer der ihren war.

Seine Augenbrauen fesselten mich besonders. Sie wuchsen üppig und in gerader Linie quer über dem Sattel seiner Nase und senkten sich nur in der Mitte ein wenig. Manchmal sieht man etwas, von dem man den Blick nicht abwenden kann, ohne zu wissen, warum. Sie waren ruhig, ließen aber Dynamik vermuten. Fasziniert schaute ich zu, wie eine der dunklen Linien gleich einem aufgeschreckten Vogel nach oben schoß; dann kam er mit ausgestreckter Hand auf mich zu.

»Ich heiße Angelo«, sagte er, und wir schüttelten uns die Hand. Sein Griff war stark. »Mike hat mich geschickt.«

Ich pfiff ein wenig durch die Zähne. Er sah ein bißchen überrascht aus. »Stimmt etwas nicht?«

»Keineswegs, versicherte ich. »Nur ... Mike hat mir schon einige geschickt, aber bisher war keiner wie Sie dabei.«

Er grinste – äußerst wirkungsvoll, denn seine weißen Zähne standen in scharfem Kontrast zu der gebräunten Haut. »Ich wette«, sagte er spöttisch, »das sagen Sie zu jedem.«

»Nein«, beteuerte ich. »Heute zum erstenmal.«

So plauderten wir ein paar Minuten. Wir beschnupperten einander, wenn man so will, wie zwei Hunde, die sich zum erstenmal begegnen und herausfinden wollen, ob sie Freunde, Liebhaber oder einfach gute Kumpel werden können. Er war mit vierzehn aus Puerto Rico gekommen und hier zur Schule gegangen, hatte Trommel gespielt und in einer kleinen Combo gesungen. Er wollte komponieren, hatte keine feste Freundin und den Namen Sibelius nie gehört. Er zog das Hosenbein an einer starken, jungen Wade hoch, die mit feinen, schwarzen Haaren bedeckt war, und zeigte mir das tiefe, vernarbte Kreuz seines Abzeichens, das man ihm eintätowiert hatte.

Ich schüttelte den Kopf. »Da hilft wohl nur eine Hauttransplantation, weil es älter als drei Jahre ist«, sagte ich. »Man könnte ein Stückchen Haut vom Hintern dafür nehmen. Mike sagte, Sie wollen es nicht mit einem anderen Tattoo zudecken. Ein schwarzer Panther würde wahrscheinlich reichen.« Er erinnerte mich an einen solchen.

»Nein«, sagte er, »ich glaube nicht.« Er schob das Hosenbein wieder zurück. Seine Hose war dunkel, und er trug eine leichte, karierte Jacke über einem hellroten T-Shirt aus Nylon. Seine stattlichen Brustmuskeln wölbten sich unter dem scharlachroten Stoff. Mir fiel auf, daß seine Hose an den Knöcheln hauteng war. Seine Schuhe sahen italienisch aus. Wo zum Teufel hatten diese Puertoricaner ihre ungewöhnlichen Kleider her? Aber seltsam ... lag es an seiner überwältigenden, dunklen Attraktivität oder an seiner Persönlichkeit oder an meiner momentanen Atemlosigkeit? Jedenfalls fand ich, daß er in diesen Klamotten gut aussah.

Es fällt mir immer ein wenig schwer, die erste Hürde zu überwinden, wenn ich mit jungen Männern zu tun habe, die sich selbst verkaufen. Das Schweigen wurde immer länger, und schließlich sagte ich etwas nervös: »Also ... sollen wir dann ... nach hinten gehen?«

»Klar«, sagte er, »wann immer Sie wollen.«

Mein Mund war trocken, als ich ein kleines Schild mit der Aufschrift »Bin beim Essen – in 20 Minuten zurück« am Eingang befestigte. Einen Augenblick lang sah ich die zerbrechlich wirkende Bay Bridge in der Nachmittagssonne glitzern und blinzelte ihr aus unerfindlichen Gründen zu. Dann schloß ich ab und folgte dem Jungen ins Hinterzimmer, wo ich die Vorhänge zuzog. Der schäbige Lagerraum mit dem Bett, der Bank und dem Schreibtisch, der hohen Decke und den überall herumstehenden Kisten stand in unschönem Kontrast zur Liebe unter dem blauen und goldenen Himmel Griechenlands oder zum weißen Sand Italiens. Ich drehte die Schreibtischlampe so, daß sie ihn beleuchtete, während meine Mängel verborgen blieben. Dann ertrank mein Zögern in seiner Jugend und in seiner Straffheit, und wir hätten ebensogut zusammen – oder allein – auf den Inseln hinter dem Wind sein können, umgeben von einer lauen Nacht und unter einem eiskalten Mond.

Wer kann sagen, in welchem Moment die Liebe beginnt

oder endet? Und wer weiß, woraus sie besteht? Man sagt, daß sie uns bisweilen wie ein Blitz trifft, wie eine verzehrende Krankheit, und Körper und Geist mit ihrem Feuer schwarz färbt. Und es heißt auch, sie könne uns mitunter heimlich und auf leisen Sohlen, fast unbemerkt überfallen. Ich machte mir keine Illusionen über Angelo. Er würde anrufen, kommen und sein Geld einstecken. Der Umstand, daß er hinterher oft noch im Laden herumlungerte, verleitete mich nicht zu der Annahme, er sähe in mir eine Vaterfigur. Im Grunde sahen mich seine blauen Augen gar nicht, und wenn sie mich sahen, dann durch einen Nebel aus Dollarzeichen und winzigen Eintragungen in ein Notizbuch.

Aber er blieb tatsächlich. Er saß da und sang stundenlang. Mangels einer Bongo trommelte er auf eine Holzkiste, und er sang in einem rauhen, aber recht gefälligen Bariton alle möglichen modernen Lieder, vor allem Rock and Roll, den er sehr mochte. Oder er setzte sich vor den Spiegel, kippte den Stuhl ein wenig nach hinten, und kämmte sein glänzendes Haar, bis seine Finger ihm die richtigen Wellen verpaßt hatten. Dann verdrehte er mit einer raschen Bewegung die vordere Locke, so daß sie geradewegs auf seine unglaublichen Augenbrauen fiel.

»Wenn du dich jemals zwischen den Augenbrauen rasierst, brauchst du gar nicht mehr zu kommen«, sagte ich.

Bei diesen ersten aufgeregten und aufregenden Begegnungen lernte ich seinen Körper so gut kennen wie ein Bildhauer seinen Marmor. Er war wirklich prachtvoll, und Angelo war stolz wie ein Pfau darauf. Er posierte gerne vor einem langen Spiegel. Die Breite seiner Schultern stand zu der seiner Hüften ungefähr im Verhältnis drei zu eins. Sein Bauch hatte vier kräftige Grate, und er liebte es, den Arm an die Seite zu legen und so anzuspannen, daß sein Trizeps sich zu einem goldenen Berg auftürmte. An der Basis seiner Wirbelsäule wuchsen feine, kleine Haare in gleichmäßigem Muster einwärts auf die Säule zu, als habe ein starker Wind sie in diese Richtung gepustet.

Allmählich überwand er die Passivität, die er anfangs an

den Tag gelegt hatte (er hatte mit geschlossenen Augen, auf denen sein Unterarm lag, von etwas anderem geträumt). Um die Wahrheit zu sagen, ihm gefiel die ganze Sache nicht. Trotzdem ging er sofort auf meine Vorschläge ein – schließlich bezahlte ich dafür –, und er tat es mit solcher Begeisterung, daß ich ihn oft bitten mußte, aufzuhören, verschwitzt und erschöpft wie ich war. Er haßte Menschen wie mich, das verriet mir eben diese Begeisterung; aber er mußte von etwas leben. Und auf diese Weise verdiente er sein Geld leichter und schneller als mit Arbeit.

Er war launisch und sprunghaft, wie die meisten Latinos es sind, und wenn er wütend war, konnte man beinahe die kleinen Blitze sehen, die aus seinen Augen zuckten. Eines Tages kam er in übler Stimmung in den Laden. Nur mit Mühe fand ich heraus, was geschehen war.

»Hatte Streit mit meinem Onkel«, sagte er. »Carlo.« Er senkte den Blick.

»Warum?« fragte ich. »Worum ging es?«

»Ach, nichts weiter«, erwiderte er.

Ich konnte Carlo gar nicht leiden. Obwohl er Angelos Onkel war, war er nicht viel älter. Manchmal kam er mit seinem Neffen in den Laden und tat, als müsse er ihn beschützen – wie eine Mutterglucke oder eine fromme Tante. Mir mißfielen seine huschenden und bohrenden Augen, seine Boshaftigkeit und sein gebrochenes Englisch, das kaum zu verstehen war. Angelo sprach perfektes Westküstenenglisch.

Es gab eine oder zwei heftige Szenen in meinem Laden, als Carlo seinem Neffen zu mir gefolgt war. Das schnelle Spanisch war zuviel für mich, aber ich schnappte die zornig ausgestoßenen Worte *mamador*, *maricon* und *no me jolas* auf. Einmal warf sich Carlo auf das Bett im Hinterzimmer und weinte, und ein andermal versetzte Angelo ihm einen Schlag in die Niere, so daß er tagelang blutete. Obwohl ich das alles so gelassen wie möglich beobachtete, fühlte ich mich selbst sehr schmierig, weil ich inzwischen den Verdacht hegte, daß meine Motive nicht so rein waren, wie ich zunächst geglaubt hatte. Wollte ich verhindern, daß Carlo ihn bekam, wenn ich ihn schon nicht für mich allein haben konnte (kein Mann konnte das)?

Nach einiger Zeit begann Angelos Vater die Wahrheit zu ahnen. Als typischer Latino schlug er Carlo lediglich vor, auszuziehen und sich eine eigene Wohnung zu suchen. Das war alles – keine Drohungen, keine Gewalt, nur ein puertorikanisches Eingeständnis einer Tatsache und eine kleine Reaktion darauf.

Wir glaubten, wir hätten gewonnen.

Danach hätte sich alles ein wenig beruhigen sollen; aber das Leben mit Angelo war immer stürmisch. Seine Wutanfälle waren nie vorauszusehen, und ich war ebenfalls ein Hitzkopf. Obwohl er überaus ehrlich war – er stahl niemals –, hielt er es mit der Zeit für selbstverständlich, daß alles, was mein war, auch ihm gehörte, denn nun kannten wir uns ja besser. Er war einer von denen, die gerne »Gib mir dies – gib mir das« sagen, und gewöhnlich bekam er, was er wollte, wenn nicht gleich, dann später.

Es ist immer aufregend, am Rande eines Vulkans zu leben, und mein Laden stand am Rande des Vesuvs. Und manchmal gab es eine plötzliche Explosion.

Da war zum Beispiel die Sache mit den Kämmen.

Angelo konnte keinen Kamm und kein Feuerzeug länger als eine Woche haben. Der Himmel weiß, was er damit anstellte; jedenfalls verschwanden sie immer. In meinem Laden bewahrte ich immer einen Reservekamm auf, für den Fall, daß ich meinen Taschenkamm zu Hause liegen ließ. Ich mochte diesen kleinen, schwedischen Kamm ganz aus Stahl. Angelos Augen leuchteten auf, als er ihn sah.

»Gib ihn mir, ja?« sagte er.

»Damit du ihn verlierst?«

»Nein, bestimmt nicht«, versicherte er.

»Du bist wie eine Elster«, sagte ich. »Wenn du etwas glitzern siehst, mußt du es haben.«

Drei Tage später öffnete er die Schublade und steckte meinen neu gekauften Reservekamm wieder einmal in seine Tasche. Dabei grinste er mich an.

»Du hast ihn also verloren«, sagte ich. »Sie kosten zwei Dollar.«

Er lachte. Und zwei Tage später geschah das gleiche. »Hör mal«, sagte ich, »mir kommt es nicht so sehr auf das Geld an, aber ich habe nicht die geringste Lust, jeden Tag ins Geschäft zu rennen und einen neuen zu kaufen.«

»Kauf doch gleich ein Dutzend«, sagte er lachend. »Außerdem ist das eine gute Übung für dich.«

So ging es weiter. Als er zum siebten oder achten Mal in die Schublade griff, stand ich auf, ging zu ihm, nahm ihm den Kamm wortlos aus der Hand und steckte ihn ein. Er was so überrascht, daß er ihn nicht festhielt. Dann erholte er sich.

»Komm schon«, sagte er. »Gib ihn mir. Ich verspreche dir, daß ich nie wieder einen verliere.«

»Quatsch«, sagte ich.

Ein Sturm aus westlicher Richtung braute sich zusammen. Es gab keine Vorzeichen, keinen Donner, keine dunkle Wolke. In diesem Augenblick lächelte er, und im nächsten zogen seine Brauen sich zusammen, seine Lippen verzerrten sich zu einem Knurren, und die kleinen Blitze sprühten aus seinen Augen.

»Soll das heißen, daß du mir diesen verdammten, lausigen Kamm nicht gibst?«

»Genau das«, sagte ich ruhiger, als ich mich fühlte.

Er holte eine Handvoll Wechselgeld aus der Tasche und warf es auf den Fußboden. Die Münzen rollten in alle Richtungen, eine sogar unter den Ofen. »Da!« schnauzte er. »Hier hast du Geld für deine gottverdammten Kämme!« In seiner Wut ging er zum Kleiderschrank, öffnete die Tür, holte einen Mantel und ein Hemd heraus, die er dort hatte hängen lassen, und legte sie sich über den Arm. »Ich gehe!« knurrte er. »Von jetzt an kannst du deine lausigen Kämme behalten!«

»Angelo –« begann ich verdutzt. Mir fiel nichts ein, was den Wirbelsturm hätte aufhalten können.

»Auf Wiedersehen!« schrie er und ging zur Tür hinaus. Er versuchte, sie zuzuknallen, aber der schwere Türbremser verdarb seinen dramatischen Abgang. Ich stand zitternd da. Er

wird zurückkommen, dachte ich, er braucht das Geld. Dann dachte ich an seinen Stolz und an die Dutzenden von anderen Kunden, die er hatte. Na schön, dachte ich, dann spare ich eben ein bißchen Geld. Aber ich werde ihn vermissen.

Ich hätte mir keine Sorgen zu machen brauchen. Er kam am nächsten Tag und setzte sich. »Entschuldigen kann ich mich nicht«, sagte er. »Das ist nicht meine Art. Aber da bin ich.«

Ich sah ihn an. »Wenn du so weitermachst, platzt dir eines Tages eine Ader.« Das war alles.

Ich wurde es nie müde, Angelos Körper zu betrachten. Er war klassisch und hätte jeden Bildhauer entzückt – vielleicht sogar Praxiteles, der einen Faun aus ihm hätte machen können. Manchmal ärgerte Angelo mich mit seiner kindlichen Begeisterung, aber wenn ich ihn anschaute, bekam ich nie genug. Seine Hände waren außergewöhnlich schön, und seine langen, schlanken braunen Finger, die sich um den Griff eines mexikanischen Kinderspielzeugs schlossen, waren ein Echo des schönen Körpers, exquisit und vollkommen. Oder wenn er über mir kniete ... dann schaute ich nach oben und bewunderte die herrliche Landschaft seines Bauches und seiner Brust, die dicken Brauen, die sich konzentriert zusammenzogen, das südamerikanische Gesicht (es sah aus diesem Winkel fast wie ein Babygesicht aus), die perfekt modellierten Lippen (die untere zog er ein wenig ein) und das nahezu hypnotische Muster der sich rasch bewegenden Muskeln des rechten Armes und der Schulter. Das alles bannte meine geistige Kamera eifrig auf ihre unerschöpflichen Platten, und ich entwickelte sie später, um sie bis an mein Lebensende zu genießen.

Doch das traurige und jähe Ende war nahe.

Eines Tages kam er, und wir unterhielten uns eine Weile. Aber er schien zerstreut zu sein.

»Was ist los, Kleiner?« fragte ich ihn.

Er biß sich auf die Unterlippe. »Ich muß mich im Fitneßcenter verletzt haben«, sagte er und beschrieb die Symptome.

Ich schüttelte den Kopf. »Oh, oh«, sagte ich. »Das ist eine Sache für den Arzt, mein Junge.«

»Meinst du es ist ...?«

»Er wird es dir sagen«, antwortete ich. »Aber warte nicht länger. Wo hast es dir geholt?«

Er schüttelte kläglich den Kopf. »Keine Ahnung«, sagte er. Dann stand er auf und hieb mit der Faust auf die Hand. »Verdammt – gerade wenn alles so gut läuft!«

»Eines der Risiken deines Berufes«, sagte ich so ruhig ich konnte. Dann gab ich ihm etwas Geld für die Spritze und schickte ihn weg.

Ich erinnere mich daran, daß ich einmal in einem französischen Roman gelesen habe, daß diejenigen am glücklichsten seien, die *les mal-foutus* bevorzugen – Menschen, denen das Glück nicht hold ist, was das Aussehen betrifft – und ihnen ein wenig Spaß am Leben schenken. Ich muß gestehen, daß in mir ein gewisses perverses Interesse erwacht, wenn jemandem ein Finger oder ein Arm fehlt ... Aber Angelos Problem war genau das, was mir nicht gefiel. Es würde Monate dauern, bis ich mich dazu überwinden konnte, ihn wieder zu berühren, einerlei, wie schnell er geheilt wurde.

Danach sah ich ihn nur noch einmal. Er kam und teilte mir mit, daß er nach Redondo Beach ziehe, um bei einem reichen Kerl zu wohnen, der ihn darum gebeten habe. Bei ihm zu Hause hatte es Ärger gegeben – sein Vater stellte finanzielle Forderungen, seine Mutter schimpfte, und Carlo stellte ihm mit wachsendem Eifer nach.

»Ich halte das nicht mehr aus«, sagte er. »Ich bin alt genug, um auf eigenen Füßen zu stehen.«

Ich konnte eine leicht Bitterkeit nicht verbergen, als ich sagte: »Das nennst du auf eigenen Füßen stehen?«

»Na ja«, sagte er, »vielleicht hätte ich sagen sollen, ich muß nicht zu Hause wohnen bleiben.« Dann machte er eine Pause und deutete mit einer kleinen Kopfbewegung zum Hinterzimmer. »Willst du ...?«

Behutsam erklärte ich ihm, warum ich es noch nicht konnte. Er wurde rot und schaute auf seine eleganten, spitzen Schuhe hinab. »Ja, dann ...« sagte er.

»Aber ich möchte dich ein letztes Mal ansehen«, sagte ich, und er nickte.

Dann legte er sich auf das Bett im Hinterzimmer, und ich setzte mich auf den Stuhl hinter ihm. Zum letzten Mal betrachtete ich die langen, goldbraunen Flanken meiner Dschungelkatze, meines schwarzen Panthers. Ich beobachtete das Spiel seiner Muskeln, wenn er den Arm bewegte, und sah noch einmal den gewölbten Fuß, dessen angespannte Zehen nach oben zeigten. Und nach einer Weile konnte ich nichts mehr sehen, weil mein Blick sich trübte.

Wer kann sagen, wann die Liebe beginnt und wann sie endet?

Jetzt, wenn ich meinen Laden schließe und nach Hause gehe, betrachte ich meine Statuen, höre meine Musik und gehe zu Bett. Ich schlafe auf der linken Seite und lege die linke Hand mit der Handfläche nach oben unter das Kissen und unter den Kopf. Dann, aus einem mir unbekannten Grund – vielleicht liegt er in meiner Kindheit verborgen –, greife ich mit der rechten Hand nach oben und umklammere damit das linke Handgelenk. Und in diesem Moment denke ich an Angelo.

Von Zeit zu Zeit höre ich ein wenig von ihm, seltsamerweise von Carlo. Angelo wird bald eine Schallplatte bei einem großen Musikverlag herausbringen. Er fährt ein tolles neues Auto (allerdings nicht sein eigenes) und hat neue Kleider, wenn auch kein Taschengeld ...

und im letzten halb bewußten Augenblick vor dem Einschlafen frage ich mich manchmal, ob Angelo sich von dem Hundesohn in Rotondo wohl so lange lösen könnte, um dieses Jahr an Weihnachten mit mir nach Tokio zu fliegen ...

TIGERBABY

I

»Komm schon«, sagte Mike. Er stand mit gespreizten Beinen mitten im Laden. »Schließ deine Bude ab, und wir gehen raus. Du brauchst ein bißchen frische Luft.«

Ich seufzte, warf Dave einen Blick zu und zwinkerte. »Du bringst mein Leben ganz schön durcheinander«, klagte ich. »Bevor du gekommen bist, war alles friedlich. Ich stand jeden Morgen auf, öffnete mein Geschäft gegen Mittag und ging um Mitternacht ins Bett.«

»Ja, das weiß ich«, sagte Mike. »Immer der gleiche Trott. Als du noch Zeitungsreporter warst, bist du wahrscheinlich öfter ausgegangen.« Er schüttelte mit gespielter Traurigkeit den Kopf.

»Jedenfalls habe ich nie meine Zeit im Kino verschwendet«, sagte ich. »Und schon gar nicht im Autokino. Du hast mich völlig ruiniert!«

Dave lachte. »Ich fürchte, der Verfall hat bereits eingesetzt«, sagte er. »Und was den Ruin betrifft – wie soll jemand einen alten, bankrotten Tätowierer ruinieren?«

Eine Beleidigung nach der anderen! Aber recht hatten sie, abgesehen davon, daß ich mich nicht für pleite hielt. Es war für alle meine Freunde innerhalb und außerhalb der Zeitungswelt ein Schock gewesen, als ich meinen Job als Reporter voller Abscheu aufgegeben hatte. Ich war der Zügel müde, die man mir anlegte, und meiner Meinung nach taugte die amerikanische Presse nicht viel – ihre Motive waren fragwürdig, und ihre Leser ließen sich zu leicht an der Nase herumführen. Eigentlich hätte ich etwas Anständiges tun sollen, zum Beispiel lektorieren oder für Enzyklopädien schreiben. Statt dessen – aus einer Art selbstmörderischer Verachtung für die Werte der Mittelschicht heraus – entschied ich mich für den »Beruf«, der in Amerika am verdächtigsten ist und auf dem schmalen Grat zwischen Legalität und Illegalität balanciert: Ich wurde ein Tattookünstler. Und bald entdeckte ich, daß ich ein Martyrium gegen ein anderes ausgetauscht hatte, und zwar gegen ein schlimmeres. Bei der Zeitung konnte ich die Laufjungen beobachten und bewundern, wenn auch nicht anfassen. Und jetzt – nun ja, jetzt durfte ich Arme und Brustkästen anfassen und mit den Fingern den Schweiß in der kleinen, buschigen Achselhöhle spüren oder über die perfekte, glatte Ebene eines jungen Brustkastens streichen – aber alles im Rahmen meines Berufs. Ich mußte mein Geheimnis sorgfältiger bewahren denn je, wenn ich weiter Geld verdienen wollte.

Ein junger Rowdy mit Halbstarken-Frisur, mit Lederjacke und Jeans bekleidet, schlenderte am Schaufenster vorbei und betrachteten die Muster. Und zwei Matrosen guckten von der Market Street aus in die Passage.

»Kundschaft?« fragte Mark, und ich sagte: »Nur Neugierige, glaube ich.« Nach ein paar Jahren im Geschäft hatte ich genug Erfahrung, um zu wissen, wer ein Tattoo wollte und wer keines wollte. Ich konnte sogar recht gut einschätzen, wieviel Geld jemand in der Tasche hatte. Was die Elitestudenten in ihren Anzügen und die Schüler anging – nein, die kauften nie. Alle waren Slumkinder, die sehen wollten, wie die andere Hälfte lebte (sie wären vielleicht überrascht gewesen, wie gut).

Dave war etwas unruhig. Das war er immer. Ein innerer Motor schien ihn anzutreiben. Er hatte ein dunkles, gutaussehendes Gesicht – eine Art italienische Mischung – und war ziemlich stämmig. Er war Künstler – Mike managte ihn – und Pianist, gelegentlich sogar Schriftsteller. Niemand hätte vermutet, daß die beiden schon seit acht Jahren zusammen lebten. Natürlich waren sie einander nicht treu; sie taten, was sie wollten, aber das Band – oder die Gewohnheit – blieb. So segelten sie glücklich zusammen durchs Leben, mit gebührendem Respekt für den Polizisten an der nächsten Ecke.

Man konnte die Jungs in zwei Gruppen einteilen: nette Kerle und Tigerbabys. Dave gehörte in die erste Kategorie. Er schrieb die Briefe und kannte sich mit der Orthographie aus.

Mike war das Tigerbaby. Kleine Tiger lesen nie etwas, abgesehen von den Schlagzeilen und den Comics. Sie beherrschen die Rechtschreibung nicht, können aber rechnen und Zündkerzen wechseln. Und sie schreiben nie, nie Briefe. Die beiden ergänzten sich wie Rot und Grün. Was der eine nicht konnte, das konnte der andere.

Die drei »Kunden« waren verschwunden, wie ich es mir gedacht hatte. »Na los, leg die Nadeln weg«, sagte Mike, und ich schloß den Laden zu und ging mit ihnen.

Die Nacht war wundervoll wie alle Nächte im Mai. Die Lichter der Brücken funkelten auf ihrem bogenförmigen Weg über die Bucht. Die Luft war sauber und frisch und ein wenig salzig, und es wehte eine kühle Brise. Mike schloß seine Motorradjacke, zog seine Hose in der Art eines Matrosen hoch – mit dem flachen Handteller – und stupste mich mit seinem schweren schwarzen Stiefel ans Schienbein.

»Danke«, sagte ich. Er lachte, griff nach meiner Brustwarze unter dem Hemd und verdrehte sie kräftig.

»Wenn ihr beide 'ne Nummer schieben wollt«, sagte Dave, »verziehe ich mich.«

Ich rieb meine schmerzende Haut. »Keine Chance«, sagte ich. »Nicht mit diesem Gorilla. Außerdem ist er längst nicht hart genug für mich. Er erinnert mich an den großen, netten Führer eines Pfadfindertrupps. Er hat nicht einmal das Hirn eines Esels.«

Mike hatte noch einen anderen Trick auf Lager: Er packte dich mit seiner Pranke an der Hand, streckte die Finger und bog den Daumen mit der anderen Hand nach innen. Genau das tat er jetzt. »Nimm das zurück«, sagte er.

»Au!« stöhnte ich. »Also, gut – ich nehm's zurück. Du hast das Hirn eines Esels.«

Der Druck nahm zu, und ich krümmte mich nach vorne. Eine Frau auf der Straße sah uns neugierig zu. »Nimm alles zurück«, befahl Mike, »und sag Onkel.«

»Onkel«, keuchte ich, und er ließ mich los.

Ja, wir liebten diese harmlosen Späßchen. Wir waren seit eineinhalb Jahren Freunde, ich hatte nie einen der beiden »belästigt«, und sie hatten mich selbstverständlich auch nicht belästigt. Jeden Sonntagabend fuhren wir ins Autokino und gingen einmal am Tag zusammen essen.

Ich fand das Tigerbaby attraktiv, ohne sexuellen Unterton. Ich mag alle Arten von Menschen, außer den Superreichen, die meist Heuchler sind, und außer den faulen Straßenbettlern.

Aber vor ein paar Monaten war mit Mike etwas geschehen, daß ihn in meinen Augen zu einem faszinierenden Geschöpf machte. Zum Teil war ich daran schuld. Er war immer ziemlich extrovertiert und aggressiv gewesen; er war ja auch derjenige, der mit den Leuten redete. Dave und ich waren zurückhaltend und scheuten den Kontakt mit anderen. Also übernahm Mike die Konversation, und wir hatten unseren Spaß dabei. Aber an jenem Abend besuchte mich ein Freund von der Ostküste, und ich stellte ihn Mike vor. Es war, als habe sich plötzlich eine Tür in Mike geöffnet, aus der unerwartet eine seltsame, dunkle Woge der Lust schwappte. Er schien noch eine zweite Persönlichkeit zu haben, die ihn zu etwas Neuem zwang: zu S/M.

Von da an war er wie ausgewechselt. Ich hatte davon gehört, daß ein solcher Wandel plötzlich stattfinden kann – aber über Nacht?! Ich beobachtete das Wachstum der neuen Persönlichkeit wie erstarrt, als stünde ich hypnotisiert vor einer Kobra.

Und die Gespräche! Ich hatte ein wenig Erfahrung mit seinem neuen Interessengebiet, schließlich war ich alt und sündig. Fast täglich stellte er mir Fragen: Warum machen sie das? Wovor fürchten sie sich? Warum werden sie so wütend? Warum tun sie, was ich ihnen sage? Warum kommen sie immer zurück und wollen mehr? Warum reizen sie mich, obwohl sie wissen, daß sie dafür büßen müssen?«

Ich antwortete ihm, so gut ich konnte; aber bald war mein Wissen erschöpft. Dann berichtete er von neuen Experimenten, neuen Bekanntschaften, neuem Verlangen. Seine Augen funkelten, wenn er davon sprach – und manchmal bekam ich einen trockenen Mund.

»Mike«, sagte ich eines Tages, »ich weiß nicht viel über diese Dinge, wirklich nicht. Früher war ich mal auf dieser Seite des Zaunes, aber nur im Kopf. Ich kann dir nichts mehr erklären. Außerdem war ich nie sehr daran interessiert und nie aktiv. Zumindest nicht sehr.«

Er lachte. Ich sah ihn an und wunderte mich darüber, wie ein paar Wochen ihn verändert hatten, sogar körperlich. Er konnte die Augen bis auf eine gefährliche Linie verengen, so daß sie wie Falkenaugen aussahen. Gut ausgesehen hatte er immer – groß, blond und schlank. Jetzt schien er voller zu werden. Er sah aggressiv männlich und grausam aus wie ein jagender Panther – oder besser: wie ein erwachsener Tiger. Seine Lippen waren dunkler, das Blau seiner Augen tiefer geworden, und er strahlte eine Aura aus, die man beinahe berühren konnte – dunkel, düster und uralt wie die Hölle.

»Nimm mich nicht auf den Arm«, sagte er und zwickte mich kräftig. Ich wimmerte, schrie aber nicht. Wieder lachte er. »Hättest du Lust auf ein Konzert im Musikzimmer?«

Ich weiß nicht, woher er diese Ausdrücke hatte, aber ich wußte genau, was er meinte. Sein »Musikzimmer« war der Keller des Hauses, in dem er und Dave wohnten. Er hatte einen Fitneßraum daraus gemacht, lange bevor sein neues Selbst zum Vorschein kam. Überall standen Schrägbretter und Bänke, die mit dem Boden verschraubt waren. An der Wand waren Ringe angebracht, an der Decke Gewichte und Zugseile und so weiter.

Mir schauderte ein wenig. »Nicht mit mir«, sagte ich. »Ich bin damit zufrieden, Kritiken zu lesen. Außerdem« – fügte ich hinzu, um ihn zu necken, »bin ich nicht scharf auf Anfänger. Amateurmusicals mag ich nicht.«

Das Wort »Anfänger« brachte ihn immer auf die Palme. Selbst wenn es ihn nicht ärgerte, machte es ihn doch unruhig und beinahe verlegen. Er fletschte die Zähne. »Anfänger? Du wärst überrascht. Wenn ich dich eines Tages in mein Musikzimmer bekomme – allein –, dann zeige ich dir, daß ich mehr kann als Geige spielen. Und eines sage ich dir –« Er beugte sich vor und packte mich am Knie. »Eines Tages kriege ich dich. Ich kenne Leute deines Schlages. Du bist verrückt danach.«

»Zum Teufel, nein!« sagte ich. Ich hatte schließlich meinen Stolz. »Du hast keine große Chance, mich je in deinen Kerker zu locken.«

»Wollen wir wetten?«

»Klar, einen Dollar.«

Er grinste. »Einverstanden, alter Geizkragen. Die Wette gilt.«

Dabei ließen wir es.

Wer weiß schon, was die Sirenen sangen oder welchen Namen Achilles annahm, als er unter den Weibern lebte? Oder wann tief in mir die wilde Spore zu wachsen anfing? Und wann diese Spore platzte und ihre Samen in mein Blut aussäte?

Einerlei, was mit mir geschah und wann es geschah – die Fortschritte waren langsam. Die kleinen Samen schwammen in meinen Adern und ließen sich Zeit. Wenn ich nach ihnen suchte, waren sie nicht zu finden – oder trugen sie die übliche Maske aus Freundschaft und Kameradschaft? Jedenfalls breiteten sie sich in meinem Körper aus, heimlich und heimtückisch wie ein Virus. Die Geschichten, die Mike mir immer wieder erzählte, fachten die Krankheit an, denn nichts fesselt die Seele mehr als solche Storys. Und sie wurde von der bedrohlichen Nähe seines Körpers genährt und vom Geruch seiner Lederjacke. Er trommelte ständig auf mir herum, verbog mir die Finger, haute mich auf die Schulter, rieb ein Ohr am Kopf flach – so wie nette amerikanische Jungs es nun mal mit ihrem Kumpeln tun. Oder war es mehr?

Eines Morgens wachte ich auf und befand mich in der Falle. In einem jener Augenblicke der Klarheit, in denen wir tief in unser Ich blicken dürfen (oder müssen), sah ich, was unten auf dem Grund lag, und wußte, was ich wollte.

Aber ich bin stolz. Ich konnte mich nicht einfach outen.

Also suchte ich Zuflucht bei Tricks, und obwohl ich mich selbst dafür haßte, folge ich dem klassischen Muster, das jede Einführung in die Psychologie beschreibt. Ich entwickelte eine seltsame, verdrehte, negative Aggressivität. Ich wußte, daß ich für Mike nicht mehr als ein Freund war. Wenn er meinen Namen der wachsenden Liste von »Gästen« in seinem Kerker hinzufügen konnte, würde ihn das noch eingebildeter machen. Diese Einsicht machte mich erst recht stumm. Also hörte ich mir seine Geschichten an, die immer schmerzhafter wurden, je mehr meine Eifersucht auf seine Gespielen wuchs – zum Beispiel auf den kleinen Gerhard. Mike mochte Gerhard, einen Flüchtling aus der DDR, der als Koch in der Cafeteria einer Bank arbeitete. Mike hatte ihn in einer Bar aufgegabelt, nachdem sein scharf gewordenes Auge gemerkt hatte, daß der blonde Junge ihm mit den Blicken folgte und alle Details in sich aufsaugte: die Stiefel, die Jacke und den Lederriemen mit den Schlüsseln, der wie eine Galgenschlinge geknotet war. Gerhard fiel auf Mike herein – gegen seinen Willen, weil er eigentlich nach New York gehen wollte, wo ein reicher Kerl ihm Komfort und Geld für eine sehr lange Zeit angeboten hatte. Aber der Junge konnte sich nicht mehr von seinen Fesseln befreien, so sehr er es auch versuchte.

»Warum läßt du ihn nicht gehen?« fragte ich Mike, als er mir diese Story mit funkelnden Augen erzählte.

Mike sah ehrlich erstaunt aus. »Machst du Witze? Ihn gehen lassen? Nie im Leben. Ich will ihn genau dort haben, wo er ist – in meinem Keller.«

Jetzt schloß sich der Abgrund, aber ich hatte hinunter geschaut.

Es war eine unerquickliche Geschichte, die mich unglücklich machte. Aber wenn er mit seinen Geschichten plötzlich aufgehört hätte, wäre ich unerträglich nervös geworden.

Zweifellos drängte ich mich ihm immer häufiger auf. Ich sah darin eine Art Magie, die ihn auf mich aufmerksam machen sollte. Ich wollte, daß er seine Meinung über mich änderte und ein Zeichen von Interesse verriet. Ich benahm mich, als habe er noch eine alte Rechnung zu begleichen, was Zuneigung betraf. Ich wußte, daß ihm das nicht behagte. War ich nicht sein guter alter Kumpel?

Aber Mike war keineswegs dumm. Intuitiv erkannte er, was mit mir los war. Ich mußte sehr behutsam vorgehen, wenn ich ihn zu einem Zeichen provozieren wollte.

Eines Tages mußte ich nach Sacramento reisen, um von einem Freund Tätowierfarben und einige andere Dinge zu kaufen. Eine Woche vor meiner Abreise erzählte ich es Mike.

»Willst du wirklich deinen Laden dicht machen und vielleicht auf eine dreistellige Einnahme verzichten?«

»Klar«, sagte ich. »Es wird mir das Herz brechen, aber ich muß gehen.«

Dann sprach ich nicht mehr darüber. Am Abend vor der Abreise ging ich mit Mike und Dave ins Kino und hielt entschlossen den Mund. Am nächsten Morgen ging ich früh weg und kam erst um fünf Uhr nachmittags zurück. Normalerweise öffnete ich mein Geschäft gegen Mittag. Um zehn nach fünf platzte Mike herein. Blitze zuckten um sein Haupt, und lange Flammen züngelten aus seinen Ohren.

»Wo zum Teufel bist du gewesen?« schnauzte er mich an.

Es war ein furchterregender Anblick. Plötzlich schien er zwei Meter zehn groß zu sein – teuflisch, mit hartem, grausamem Mund und glühenden Augen. Ich schluckte. Er rammte die Faust in meine Schulter.

»Ich hab's dir doch gesagt«, verteidigte ich mich. »Erst letzte Woche und gestern abend, kurz bevor wir ins Kino gingen. Du hast nicht zugehört!« sagte ich vorwurfsvoll. Angriff ist die beste Verteidigung.

»Gestern abend hast du nichts gesagt!« bellte er. »Kein einziges Wort!«

Es war ein kritischer Augenblick. »Doch«, log ich, »du hat es eben nicht gehört. Wir haben letzte Woche darüber gesprochen, erinnerst du dich?« Er hatte mich an der Schulter gepackt, und jetzt ließ der Griff nach. Er gab mich frei. »Stimmt«, sagte er. »Ich erinnere mich. Aber ich kann mich absolut nicht daran erinnern, daß du es gestern erwähnt hast.«

Tja, diese Runde ging an mich. Das war mein kleiner Beweis. Aber je mehr ich darüber nachdachte, desto beschämter war ich. Was ging in mir vor? Was hatte mich veranlaßt, ihm einen derart schäbigen Streich zu spielen? Nun, die Antwort war einfach: Ich brauchte Zuwendung, und ich verspürte den starken Drang, ihn dafür zu bestrafen, daß er mich nicht für würdig hielt. Ich tat so, als sei ich ein Märtyrer – aber um welchen Preis ...

Die Wochen vergingen. Ich war beschäftigt, baute fleißig meine kleinen Sandfallen und Baumfallen für Mike. Auf einige fiel er herein, aber ich fürchtete, daß er allmählich die meisten durchschaute.

Dann begannen die Kopfschmerzen. Jeder Narr hätte den Grund dafür entdeckt. Der menschliche Organismus kann Belastungen nur bis zu einer gewissen Grenze ertragen. Das Peinliche daran war, daß ich sie nur ganz kurz hatte – auf dem Höhepunkt der Lust. Wir redeten lang und breit darüber, und Doktor Mike verordnete mir Beruhigungsmittel, die zwar das Kopfweh beseitigten, aber nicht die tieferen Schmerzen, die seine Ursache waren. Mike beobachtete mich kühl und offenbar unbeteiligt. Ich wußte jedenfalls nicht, welche finsteren Pläne er in den grauen, schattigen Tiefen seines Hirns schmiedete.

Dave half mir, die Atmosphäre ein wenig zu reinigen. Er besuchte mich eines Tages und näherte sich behutsam dem Thema. »Ich weiß, es geht mich eigentlich nichts an«, sagte er, »aber warum probiert du es nicht ein einziges Mal? Dann hast du's hinter dir. Mike möchte, daß du morgen abend zum Essen kommst, wenn du hier fertig bist.«

Das gefiel mir – »Mike möchte«. Ich wertete es als weiteren Beweis für sein Interesse. Also ging ich am folgenden Abend ziemlich glücklich zu ihnen.

Mike war allein im Wohnzimmer. Er hatte die Vorhänge zugezogen. »Wo ist Dave?« fragte ich, als ich die Jacke auszog. Mike grinste. Er war in voller Uniform – schwarze Jacke, Stiefel, Lederhose – und sah sehr attraktiv aus. »Er mußte unerwartet zu einer Probe«, sagte Mike. »Vor Mitternacht kommt er nicht zurück.«

Ich fühlte mich ein wenig unbehaglich. »Soll das heißen«, fragte ich halb im Scherz, »daß ich mit dir allein im Haus bin?«

»Stimmt genau«, bestätigte er. »Das ist dein Tag, Kleiner.« Seine Stimme war schneidend.

Das Entsetzen explodierte in mir wie eine Rakete, so heftig, daß mein Blick sich für einen Moment trübte. Ich sprang auf die Füße und machte drei unfreiwillig schnelle Schritte zum Ausgang. Doch Mike war vor mir da und lehnte sich mit verschränkten Armen an die Tür. Ich wich zurück. War das etwa ein schlechter Film? Die Szene erstarrte in meinem Geist; ich fotografierte sie und speicherte sie für immer.

»M-Mike«, sagte ich. Mein Hals war so trocken, daß ich nur krächzen konnte. »Mike – nein. Ich meine ... nicht so plötzlich. Ich ... ich bin darauf nicht vorbereitet. Ich brauche Zeit, um darüber nachzudenken. Ich –«

Mike lachte. Er legte mir einen Arm um den Hals und rieb den ledernen Ärmel freundschaftlich unter meiner Nase. »Na, na, mein Junge – wovor hast du Angst? Dir kann nichts passieren. Denk nicht soviel – genau das ist nämlich dein Problem. Wir werden einfach nett plaudern und vielleicht Musik hören. Du weißt, wir sind gute Freunde. Ich könnte dir nie weh tun.«

Ich zitterte fast vor Angst. Seine Sanftheit war gespielt, das wußte ich. Mit dieser trügerischen Milde hatte er schon einige eingelullt, kurz bevor er sie windelweich geprügelt hatte. »Also, beruhige dich, alter Junge«, sagte er. »Wir wollen doch nicht, daß du krank wirst, oder?« Er schob mich zum Sofa und drückte mich auf das Polster. Dann schaltete er alle Lampen aus bis auf eine. »Jetzt sei ein braver Junge. Entspanne dich. Zieh ein paar von deinen Sachen aus – es ist zu warm hier drin.«

Wie hatten sich die armen Unglücklichen vor der Guillotine gefühlt, als man sie auf ein Brett gefesselt und langsam in eine horizontale Lage abgesenkt hatte? Meine Zunge klebte am Gaumen, in meinen Ohren hörte ich ein fernes Rauschen, und die dicke Ader in meinem Rachen pochte heftig. Ich fühlte mich einsam und verloren wie ein Mann, der die Küste der Heimat am Horizont verschwinden sieht und weiß, daß er nie zurückkehren wird.

Meine Brieftasche fiel aus der Hose, und als sie auf dem Boden aufschlug, hörte sich das in dem stillen Zimmer wie eine kleine, dumpfe Explosion an. Mike hob sie auf, öffnete sie und holte einen Dollarschein heraus. Langsam steckte er ihn in die Tasche und grinste. Im Dämmerlicht sah er aus wie Mephisto.

»Den Dollar schuldest du mir«, sagte er. »Erinnerst du dich?« Dann öffnete er die zweite Tür des Zimmers, trat beiseite und deutete mit einer einladenden Geste auf die dunkle Öffnung.

Zitternd, verloren und in der feuchten, kalten Luft fröstelnd, ging ich die Treppe hinunter.

II

»Glaubst du, ich passe in meinen neuen Laden?« fragte ich und schaute mich um. Es war derselbe kleine, schäbige Tattooladen mit den Musterbrettern, die langsam braun wurden.

Mike saß im Reitersitz auf dem Behandlungsstuhl und umarmte die Lehne. »Klar«, sagte er. »Du siehst hier ganz natürlich aus.« Er musterte den Raum. »Aber achte darauf, daß er regelmäßig gefegt wird«, sagte er, und zwar *sauber*! Man kann nie wissen, wann der Chef mit dem alten Gaul ausreiten möchte.«

Er erhob sich und berührte dabei fast die Decke. »Tja, ich muß mich auf die Socken machen. Hab 'ne wichtige Verabredung. Ein neuer vom Ananasschiff.«

»Du findest sie überall«, sagte ich. Der grüne Teufel der Eifersucht zwickte mich.

»Bis dann«, sagte er und tippte mit dem Finger an den Schild seiner Mütze.

In den letzten zwei Wochen hatte ich über die Mentalität der Sklaven nachgedacht. Damals war das für die meisten Leute bestimmt kein Thema. Die Geschichte ist voll von blutig unterdrückten Sklaven – aber sie sagt sehr wenig über diejenigen, die mit ihrem Los zufrieden waren. Ohne Zweifel gab es viele Sklaven im alten Athen, die an ihren Fesseln nichts auszusetzen hatten. Und ich vermute, daß selbst das rassigste Rennpferd lernt, seine Zügel zu lieben, wenn es einen guten Herrn hat.

Allerdings war ich mir nicht so sicher, ob meiner gut war. In den ersten zwei Wochen nach dem »Konzert« war ich durchaus glücklich und machte mir keine Gedanken darüber, ob ich Mike in diesen Tagen sah oder nicht. Aber als er sich dann wieder blicken ließ, spürte ich, daß er sich verändert hatte. Nicht, daß er unsere Beziehung jetzt für selbstverständlich hielt – es schien gar keine mehr zu geben. Er nahm mich kaum noch wahr. Das nahm mich ganz schön mit. Ich dachte, ich sei an jenem Abend vielleicht zu ängstlich gewesen. Doch als aus Wochen ein Monat wurde, wurde mir Mikes Kälte immer mehr bewußt. Es gab keine Zweifel: Seitdem er sich meiner sicher war, beachtete er mich nicht mehr.

Als Mike ein paar Stunden später wieder in den Laden kam, vertrödelte ich immer noch meine Zeit. Jemand war bei ihm – der Junge vom Ananasschiff, ein wirklich auffälliger Typ, fast so groß wie Mike und viel muskulöser. Er hatte eine Matrosenmütze auf, die er auf den blauschwarzen Locken zurückgeschoben hatte. Sein Gesicht war dunkel, das Kinn tief gespalten. Er trug eine weit ausgestellte Latzhose und schmutzigblaue Freizeitschuhe. Die waagrechten blauen Streifen eines *loup-de-mer* umkreisten einen breiten, schwellenden Brustkasten, und die langen Hemdsärmel hatte er bis zu den Ellbogen zurückgeschoben, so daß seine muskulösen, gebräunten Unterarme entblößt waren. Er sah fast wie ein Zigeuner aus – nur die Ohrringe fehlten. Seine Zähne blitzten weiß im dunklen Gesicht. Und als er in den Laden kam, brachte sein Magnetismus die Luft schier zum Knistern. Neben ihm sah Mike etwas blaß aus. Jedem wäre es so gegangen.

»Schön, daß du noch da bist«, sagte Mike. »Das ist Rafe. Er ist Portugiese und spricht kaum Englisch, stimmt's, Rafe?«

Ich streckte die Hand aus, Rafe grinste breit und machte

Anstalten, sie zu schütteln – da schlug ihm Mike einmal kräftig auf die Mitte des Unterarms, so daß seine Hand absackte.

Wir berührten uns nie, und der Magnetismus des Seemannes schien plötzlich erloschen zu sein. Er bewegte den Kopf ein klein wenig nach der Seite, als sei er innerlich erschlafft, und die Augen, die er Mike zuwandte, strahlten nicht mehr das schwarze, männliche Feuer aus, sondern eine Art feminine Weichheit. Einen Moment lang dachte ich, er werde den Kopf auf Mikes Schulter legen. Aber dann schüttelte Mike die Schulter ein bißchen, senkte den Blick und sagte: »Ich wollte dir den Jungen nur vorstellen. Er will ein Tattoo. Morgen bringe ich ihn dir vorbei. Eine Reitpeitsche.« Er wandte sich an Rafe. »Geh raus und schau dir eine Weile die Muster an, Kleiner.« Rafe ging.

Mike drehte sich wieder zu mir um. »Ich möchte, daß du den Griff kurz machst, und die Schnüre so um ihn wickelst, daß sie meine Initialen formen.« Er lachte. »Dann weiß er, daß er mir gehört, jedesmal, wenn er es anschaut.«

»Okay«, sagte ich zurückhaltend. Wie Priester und Psychiater sind auch Tätowierkünstler nicht zu schockieren. Dann fügte ich hinzu: »Da scheint etwas faul zu sein, Mike. Bist du sicher, daß der Bursche auf meiner Seite des Zauns steht?«

»Absolut.« Mike lachte kurz und rauh. »Es ist vielleicht schwer zu glauben, aber er ist es mit Haut und Haaren.«

»Er sieht so maskulin aus, so dominant ...«, sagte ich.

Mike lachte wieder. »Der äußere Schein ist oft trügerisch, nicht wahr, Kumpel?« Er zwickte mich kräftig. »Trotzdem«, fügte er nachdenklich hinzu, »frage ich mich manchmal, wie es auf deiner Seite aussieht. Wenn eines Tages der Richtige kommt, möchte ich es mal ausprobieren.«

Ich war sprachlos. Ich konnte nicht glauben, daß Mike jemals daran interessiert sein würde. Das Leben wurde allmählich kompliziert und widersprüchlich! Dann tippte er grüßend an die Mütze, Rafe – wieder ganz männlich – schenkte mir noch ein Hollywoodlächeln, und sie gingen hinaus in die Nacht.

Am nächsten Morgen verbrachte ich eine Stunde damit, das

Muster zu entwerfen, das Mike haben wollte. Mitten in meiner Arbeit hatte ich eine süße kleine Idee. Ich veränderte das Muster ein wenig. Mikes Initialen waren immer noch da – aber Rafe würde jedesmal, wenn er vor dem Spiegel stand, meine Initialen sehen!

Die beiden kamen am frühen Nachmittag. »Er hat Angst«, sagte Mike. Er knuffte Rafe freundschaftlich in die Rippen. »Wo willst du's haben, alter Knabe?«

Rafe legte eine riesige Pranke auf die linke Schulter. »Hier«, sagte er. »Ganz oben.« Er grinste mich an wie ein Schulkind.

»In Ordnung«, sagte ich. »Zieh dein Hemd aus.« Er trug immer noch dasselbe französische *loup-de-mer*. Plötzlich las ich Furcht in seinen Augen. »Nein, nein!« sagte er heftig. »Mach – hier.« Er rollte den Ärmel hoch.

»Zum Teufel!« sagte Mike und machte einen Schritt nach vorne. »Du willst es doch auf der Schulter haben – *also laß es dir da machen!* Glaubst du, dieser Mann hat noch nie einen Rücken wie deinen gesehen?«

Er zerrte Rafe grob auf die Füße (ich bin sicher, Rafe hätte ihn mit einem Schlag flachlegen können), griff nach dem gestreiften Hemd und zog es ihm mit einer raschen Bewegung über den Kopf.

Stumm starrte ich den Rücken an, auf dem sich hellrote Striemen abzeichneten.

Mike grunzte. »Anscheinend bist du gestern abend auf einen Stacheldrahtzaun gefallen, Kleiner.« Dann wandte er sich an mich. »Also, fang an.«

Als meine Finger sich um den herrlichen Deltamuskel des Jungen schlossen, spürte ich, was meine Augen sahen: Sein ganzer Körper zitterte leicht, und auf der Haut lag eine dünne Schweißschicht. Er hatte den Kopf fast auf die Brust gesenkt und die Augen geschlossen. So saß er während der gesamten Operation da, die etwa zehn Minuten dauerte. Das leichte Zittern hielt die ganze Zeit über an, als schnurre in ihm ein kleiner, vibrierender Motor.

Als ich fertig war, packte Mike ihn an der Schulter und betrachtete mein Werk. »Verdammt gute Arbeit«, sagte er. Der

Junge nickte und lächelte mich ein wenig schüchtern an. »Mir gefällt«, sagte er, aber er wandte den Kopf ab, so daß er Mike ansah und nicht mein »Kunstwerk«. Dann gingen sie hinaus in die heiße Sonne, die kleine Wirbel in der Luft über dem Pflaster erzeugte.

Es war mitten im Sommer, doch an diesem Tag begann der Winter meiner Frustration. Ich war kaum älter als Mike, aber alt genug, um zu spüren, daß ich meine Siege auf die harte Tour errungen hatte, gestützt auf meine Erfahrung. Bisher hatte ich mich für eine freie Seele gehalten, losgelöst von allen schmerzlichen Affären. Und ich hatte irrigerweise geglaubt, das eine Mal mit Mike sei genug.

Jetzt spürte ich, daß meine Fesseln enger wurden. Offenbar war ich doch nicht so abgebrüht, daß ich mich nicht mehr »verlieben« konnte. Von Natur aus war ich eher ein Schmetterling wie die meisten in unserer Gruppe. Ich war Anhänger einer *Carpe-diem*-Philosophie – oder *carpe hominem*? Nun verspürte ich in mir einen quälenden Drang: Ich wollte Mike dazu bringen, daß er noch einmal ja sagte. Dieser Drang wuchs mit dem Sommer.

»Nie wieder?« fragte ich ihn eines Abends, als er im Laden war.

Er machte eine ungeduldige Geste. »Doch, doch« sagte er. »Aber in letzter Zeit war ich nicht in Stimmung.« Er hatte empfindliche Nebenhöhlen, und der Arzt hatte ihm kürzlich eine Spritze gegeben. »Wenn der Ärger mit meinem Zinken vorbei ist«, sagte er.

Er ging vorbei, aber es kam immer etwas dazwischen – ein halbes Dutzend Versprechungen, ebenso viele Absagen oder Vergeßlichkeit. »Sind wir zu gute Freunde?« fragte ich erneut.

»Klar – aber einmal haben wir's trotzdem gemacht«, sagte er und legte mir den Arm um die Schulter. »Wir sind Kumpel, nicht? Hab einfach Geduld.«

Ein andermal fragte ich: »Bin ich zu alt, Mike? Bin ich für dich eine Vaterfigur geworden?« Mir war aufgefallen, daß er Partner Mitte zwanzig bevorzugte.

»Nee«, sagte er. »Zum Glück nicht. Mein Pa prügelte mich

windelweich und stieß mich dauernd herum. Wenn du ihm ähnlich wärst, wären wir geschiedene Leute!« Er sah nachdenklich aus. »Oder nicht? Keine Ahnung.«

Er erhob sich von seinem dreibeinigen Hocker und streckte sich. Dann lachte er. »Vaterfigur! Der Witz ist gut, Papa!«

Mir war damals nicht ganz klar, daß ich mit Mike erstaunlich provokativ umging. Es ist ein Wunder, daß er mich nicht ganz aufgab.

Ich litt akut und legte jedes Wort und jede Geste von ihm so aus, als sei ich der ganz spezielle Adressat. Ich merkte gar nicht, wie getrübt mein Denkvermögen war. Wenn er mir bei einer Zigarette unbekümmert zuzwinkerte, fing mein Herz an zu klopfen. »Was meint er damit? Heißt das, heute abend?« Natürlich bedeutete es gar nichts.

Die kleine, traurige Geschichte mit Frankie Rogers öffnete mir bald die Augen. Der Kleine war mit einem seiner Musicals in die Stadt gekommen und hatte mir einen kurzen Brief geschrieben. Die Anschrift hatte ihm ein gemeinsamer Freund gegeben. Dann besuchte er mich. Er war ein netter Broadwaybursche mit leerem Gesicht, gebleichtem Blondhaar und breitem Mund. Da ich den Geschmack meines Freundes kannte, fragte ich ihn nach seinem. »Genau der gleiche«, sagte er und lächelte.

»Wie wär's, wenn ich dich einem charmanten Kerl vorstellen würde, einem sehr guten Musiker?«

Frankie befeuchtete die Lippen. »Das wäre toll«, sagte er.

Also rief ich an diesem Abend Mike an. Ich war so vernarrt in ihn, daß ich gar nicht merkte, was ich tat. Das Biest, das ich meine Zunge nannte, legte einfach los, und dann war es zu spät. »Weißt du was?« plapperte ich munter drauflos. »Wenn du am Montagabend vorbeikommst, stelle ich dir einen Neuen vor.«

Die Pause am Telefon hätte mich warnen sollen. Schließlich sagte er ebenso bissig wie gelangweilt, falls beides zusammen möglich ist: »Hör mir mal zu. Mach mir keine solchen Angebote. Am Montag habe ich vielleicht keine Lust. Ich bestimme das Datum, kapiert?«

Seine Stimme kam aus der Arktis. Und als mir plötzlich bewußt wurde, was ich soeben getan hatte, erschrak ich ebenso sehr wie vor dieser Stimme. Wie konnte ich mich auf einen solchen Handel einlassen?! Abends, auf dem Weg nach Hause, dachte ich die ganze Zeit: »Was zum Teufel ist mit mir passiert?« Ich kam mir gemein und schmutzig vor.

Ich fühlte mich wie eine Fliege im Spinnennetz und versuchte energisch, mich zu befreien und das Verhaltensmuster zu durchbrechen, ehe es erstarrte.

Aber nichts schien zu helfen. Alle meine Bemühungen, mir eine dickere Haut zuzulegen, meine Gefühle einzukapseln und mein Herz wieder in seine alte, eingedellte Rüstung zu stecken, waren fruchtlos.

Wann ist der kritische Punkt in einer solchen Beziehung erreicht? Ich spürte, daß er nahe war. Eines Tages sah Mike mich scharf an und sagte: »Was ist eigentlich los mit dir? Was nagt an dir? Du bist seit einigen Wochen nicht mehr du selbst.«

»Ich bin verliebt«, zischte ich.

Mike hob die Augenbrauen. »Ach ja? Und in wen?«

»Mein Gott«, sagte ich gereizt, »du kennst ihn nicht.«

Mike sah mich zweifelnd an und bohrte mit der Zunge in der Wange. »Weißt du, du erinnerst mich tatsächlich an meinen alten Herrn. Soweit ich mich an ihn erinnere. Er wurde so launisch wie du, und dann schnauzte er jeden an. Oder versohlte mich gründlich.«

»Schade, daß er dir kein Mitgefühl einbleuen konnte«, sagte ich. »Das fehlt dir am meisten.«

»Was meinst du damit?« fragte er unschuldig.

In diesem Augenblick kam Dave herein, und wir hörten auf, garstig zueinander zu sein. Dave war trickreich; er goß Öl auf die Wogen. Er redete von einem neuen Sessel, den er kaufen wollte, und schließlich sagte er: »Tja, ich fürchte, wir können diesen Sonntag nicht ins Autokino gehen. Ich muß zu einem Konzert, und du mußt den Abend mit Mike verbringen.«

Mein Herz pochte laut. Ganz klar – das war's! Mikes Gesicht zeigte weder Ärger noch Freude. Er erkundigte sich nur, wer spielte, und damit hatte es sich.

Das war am Mittwoch, und ich dachte, der Sonntag werde nie kommen. Aber er kam. Beide hatten kein Wort gesagt. Dann, um halb acht, kam Mike. Er trug wieder seine volle Uniform – Jacke und Stiefel und einen frisch gewaschenen Arbeitsanzug der Armee mit Seitentaschen. Seine Haut war dunkel, anscheinend war er den ganzen Tag in der Sonne gewesen.

Er setzte sich. »Tja«, sagte er, »ich muß auch in dieses Konzert gehen. Dave besteht darauf.«

Nur ein zuckendes Auge und ein zitternder Muskeln in der Wange verrieten meine Enttäuschung. »Na, dann wird es Zeit, daß du gehst«, sagte ich und schaute auf die Uhr. »Sonst kommst du zu spät, wenn du dich noch umziehst.«

Mike zuckte mit den Schultern. »Ist mir egal, wenn ich zu spät komme«, sagte er. »Dave hat versucht, drei Eintrittskarten zu bekommen, aber es war ausverkauft. Tut mir leid.«

Er blieb bis zwanzig vor acht. Wenn das Konzert pünktlich begann, würde er viel zu spät kommen. Er erklärte mir nochmals, wie wenig ihn das kümmere, dann ging er. Ich starrte die Wand an.

Da stimmte einiges nicht! Dave hätte ihn nie dazu gebracht, an einem Klavierkonzert teilzunehmen. Irgendwie hätte sich eine dritte Karte besorgen lassen. Und Mike hatte die Augen eines Jägers gehabt – ich kannte sie nur zu gut. Wenn ich alle diese Kleinigkeiten addierte, kam ich zu dem Ergebnis, daß Mike an diesem Abend allein ausgehen und ihn nicht mit mir verbringen wollte.

Also ging ich ebenfalls allein aus. Ich überquerte die Bucht und suchte die alten und üblen Lokale auf, die ich so gut gekannt hatte, als ich noch Trinker gewesen war. Aber an diesem Abend trank ich nicht. Ich wanderte herum und genoß meine Trauer. Dann ging ich allein nach Hause. Alle Orte, an denen Mike sein konnte, hatte ich bewußt gemieden.

Danach schien die Luft irgendwie vergiftet zu sein. Mir fiel nicht mehr viel ein, wenn ich mich mit ihnen unterhielt, und auch sie wurden stiller. Ich fürchtete, daß unsere Freundschaft in die Brüche gehen würde, und in meinem Selbstmitleid machte ich sie dafür verantwortlich.

Diese unbehagliche Phase dauerte ein paar Wochen. Dann kam Mike eines Abends in den Laden und setzte sich. »Weißt du was?« sagte er fast aggressiv. »Ich will ein Tattoo haben, alter Knabe.«

Mich konnte nichts mehr überraschen. »Okay, Kleiner«, sagte ich. »Was soll's denn sein? Bist du dir sicher? Sie sind ziemlich dauerhaft, wie du weißt.«

»Klar«, sagte er in bestimmtem Ton. »Schätze, ich könnte ein Marinemuster gebrauchen. War schließlich bei der Handelsmarine. Das ist fast dasselbe, oder?«

Ich zuckte mit den Schultern. »Kein Gesetz sagt, daß du ein Matrose sein mußt, um einen Anker zu haben.«

Mike schaute sich die Muster an und wählte schließlich einen Anker mit Adler und ein paar verstreuten Blumen – ein gutes Muster für seinen langen Unterarm. Er legte sich die Schablone auf die Haut, dann schaute er auf. »Hast du zu Hause noch eine Ausrüstung?«

Ich nickte. »Ja, in meinem Reisekoffer.«

»Wie wär's, wenn wir zu dir gingen und es dort erledigen?« fragte er und grinste. »Ich könnte einen Drink vertragen.«

»Na schön«, sagte ich. Zu Hause war es viel bequemer, und die Arbeit war kaum schwieriger. Unterwegs war Mike seltsam still. »Was ist los?« fragte ich ihn. »Angst?«

Er schaute aus seiner Ecke im Taxi zu mir herüber. »Es ist das erstemal«, sagte er.

»Keine große Sache«, beruhigte ich ihn.

Aber ich wußte etwas, was Mike nicht wußte und was schwer zu erklären war. Ich hatte es tausendmal beobachtet. Sobald ich die Nadel in die Haut stach, veränderte sich die Beziehung zwischen dem Kunden und mir. Ich wurde für ihn – fast mystisch – der beste Freund, der Beichtvater, die Mutter, der Kumpel in der Gang – alles. Unzählige Male hatten mir junge Burschen ihren Kummer und ihre Ängste anvertraut und vieles mehr, was sie bestimmt keinem anderen lebenden Wesen erzählen würden. Wie würde Mike reagieren?

Als wir bei mir zu Hause in der Filbert Street (Haselnuß, was für ein Name für eine Straße!) ankamen, legte ich meine Instrumente zurecht. »Mach dir selbst einen Drink«, lud ich Mike ein, und er tat es. Aber er sah mir nervös zu. Ich rührte die Tinte um, holte den Alkohol und das Antiseptikum, entfernte den schützenden Fettüberzug von den Geräten, prüfte die Nadeln. Dann sah ich ihn an. Sein Gesicht war blasser als sonst. Jetzt dämmerte es mir: Meine Vorbereitungen waren ebenso furchterregend wie das Klappern und Rasseln und Klopfen, das Mike in seinem »Musikzimmer« veranstaltete. Ich ließ die Nadel ein paarmal drohend surren.

»Alles klar, mein Junge«, sagte ich. »Setzt dich hierher.«

Er war sichtlich unruhig. »Tut es sehr weh?« fragte er.

»Man spürt eine Art Brennen«, sagte ich. Ich genoß die Lage. »Das Zeichnen der Umrisse ist schmerzhafter als das Schattieren. Pech, daß wir damit anfangen müssen.«

Mike nahm einen tüchtigen Schluck. »Ich weiß nicht recht«, sagte er und stellte das Glas auf den Tisch.

»Ach, komm schon!« schalt ich ihn. »Du bist hart im Geben, also sei auch hart im Nehmen!«

»Ich hasse Nadeln«, sagte er.

Ich rasierte seinen Unterarm, desinfizierte ihn, cremte ihn dünn mit Vaseline ein und drückte die Schablone auf die Haut. Er zitterte und war verspannt.

Ich pochte auf seinen Deltamuskel. »Du mußt dich hier entspannen«, sagte ich. »Wenn du verspannt bist, werden die Linien nicht sauber.«

Er atmete tief aus und versuchte, sich zu lockern. »Okay«, sagte er, und ich fing an.

Er kämpfte die ganze Zeit mit stark gespannten Muskeln gegen mich an. Dann sah ich die ersten Anzeichen eines Schocks: Er holte zweimal tief und keuchend Luft und fuchtelte mit der freien Hand ein wenig im Nacken herum. Ich spürte, daß seine Haut etwas kühler wurde. Aber ich unternahm nichts. Bei jedem anderen hätte ich sofort aufgehört, ihm den Kopf auf die Knie gedrückt und Druck ausgeübt, um das Blut zurück in seine Birne zu leiten. Ich hätte ihm einen

Schluck Wasser gegeben und ihm geraten, sich fünf Minuten hinzulegen. Dann wäre es überstanden gewesen.

Aber bei Mike machte ich bewußt weiter. Ich hörte, wie seine Atmung flacher wurde, und arbeitete weiter, während er zusah. Das war das Schlimmste, was er tun konnte. Schließlich rollte er still und sanft vom Stuhl. Darauf hatte ich gewartet. Ich fing ihn auf, ließ ihn auf den Boden gleiten und kniete neben ihn. Er atmete immer noch flach, und seine Stirn war naß vom Schweiß. Plötzlich begann er zu zittern. Ich wußte, daß er in etwa fünf Sekunden zu sich kommen würde und hob die Hand. Als seine Augenlider zuckten, gab ich ihm auf beide Wangen eine kräftige Ohrfeige. Das gefiel mir sehr.

Ich rüttelte ihn. »Du verträgst wohl nicht viel, was?« höhnte ich.

Auf einmal, völlig unerwartet, stützte er sich auf einen Ellbogen. Dann umklammerte er mit beiden Armen meine Hüfte. »P-Pa«, sagte er mit erstickter Stimme, »schlag mich nicht mehr.«

Ich zog seinen Kopf an den Haaren aus meinem Schoß und starrte ihm eine volle Minute ins Gesicht. Er konnte mir nicht in die Augen sehen – die Lider waren gesenkt, und er versuchte, sich abzuwenden. Jetzt wußte ich, daß ich mit ihm machen konnte, was ich wollte. Ich schob ihn weg, und er rollte wieder auf den Boden, wo er mit dem Gesicht nach unten liegen blieb. Er weinte und stieß laute, trockene Schluchzer aus.

Ich schaute auf ihn hinab, ohne ihn zu sehen. Statt dessen sahen meine Augen durch ihn hindurch und in den tiefen Abgrund meiner Besessenheit. Ganz unten sah ich das zerbrochene Bild. Dann, fast in Trance, füllte sich der Abgrund mit dem aufgewühlten Wasser des Mitleids, und das zerbrochene Bild ging darin unter.

Trotzdem spürte ich eine seltsame Dankbarkeit. Der Umweg, den ich gemacht hatte, war falsch gewesen, aber er hatte mir gezeigt, daß ich noch lieben konnte.

Ich überprüfte meine Atmung. Sie war gleichmäßig und ruhig. Jetzt hatte ich meine Freiheit wieder, und das Leben öffnete erneut seine Türen vor mir. Dann schüttelte ich Mike an der Schulter und gab ihm einen freundschaftlichen Klaps. »Kopf hoch, alter Junge!« sagte ich. »Es ist alles in Ordnung.«

DER TÄTOWIERTE HARFENSPIELER

Zwei Stunden nach Mitternacht in der 10th Avenue von New York City. Schon in den fünfziger Jahren eine furchteinflößende Gegend.

Dort, wo die Straßen am Fluß eine kleine Steigung machen, haben sie lange, dunkle Abschnitte, gelegentlich erhellt von einer trüben gelben Pfütze aus nutzlosem Licht unter einer altmodischen Straßenlampe. Kaum jemand war auf den Gehsteigen zu sehen – wahrscheinlich waren alle schon im Bett und bibberten mit geladenem Gewehr hinter den geschlossenen stählernen Fensterläden. Wenn man überhaupt jemandem auf diesen Straßen begegnete, sah er garantiert verteufelt rauh aus – Rollkragenpullover, Lederjacke. Richtig gemein.

Natürlich war ich genau so rauh angezogen, und ich trug sogar meine fröhlichen Stampfer, die schweren schwarzen Lederstiefel. Es war ein lausiger Abend gewesen – kein Stoff, keine Kundschaft und der Times Square toter als ein Puff am Sonntagmorgen. Ich hatte meine Runde gedreht: die Bar im Hotel Markwell, die 42. Straße, Kelly's und der Rest. Ein paar Punks, sonst nichts. Und es war kühl. Ein wenig Schnee lag am Straßenrand, wie man es in Manhattan im Februar erwartet. Und ich war geil, geiler als ein Hirsch am Abend. Ich wollte einen Mann haben – sogar gebührenfrei, wenn es nicht anders ging.

Ich bog um die Ecke an der 10th Avenue und ging in meine Straße. Auf einmal erstarrte ich. Dort stand ein Kerl knapp außerhalb des Lichtkreises einer Straßenlampe. Er war über einsachtzig groß und ganz in Leder – Mütze, Jacke, Stiefel, sogar die Hose. Was mich schockte, war die Tatsache, daß sein Hosenladen offen war und er an sich rumfummelte – Daumen unten, vier Finger oben gekrümmt – und ordentlich wichste. Einen Moment dachte ich an Lili Marleen unter ihrer Laterne. Aber diese Lili war ein Mann, von Kopf bis Fuß in Leder gekleidet und nicht von Kummer und Sorgen geplagt.

»Scheiße!« sagte ich und atmete jäh ein. Er schaute zu mir herüber, ließ sich aber nicht stören. Sein rechter Ärmelaufschlag war hochgekrempelt, der schwarze Pullover ebenfalls. Ein neues Tattoo glitzerte ein wenig blutig am rechten Unterarm, seinem Arbeitsarm.

»Hast du Lust, Mann?« fragte er. Es klang irgendwie angespannt und hart.

»Nicht hier, verdammt«, sagte ich. Ich stand da und sah ihm zu, dann schaute ich mich um. Niemand war zu sehen; trotzdem war mir das zu riskant. »Hast du keine Bude, in die wir gehen können?« erkundigte ich mich.

Er wichste etwas langsamer, überlegte und stopfte dann seinen Schwanz in die Hose. »Klar«, sagte er. »Ein Stück weiter in dieser Straße. Kommst du mit?«

Ich musterte ihn von oben bis unten. Er war wohl nicht zu groß für mich, und wenn er etwas im Schilde führte, konnte ich mich gegen ihn schon behaupten. Ein ziemlich ausgewogenes Match.

»Wie heißt du?« fragte er.

»Duke Andrews«, sagte ich. Ich hatte Chicago eben erst verlassen und war noch ein wenig nervös. Immerhin war mir Luigi di Lupo auf den Fersen, dieser Gangster. Darum benutzte ich einen anderen Namen.

»Dave Metcalf«, sagte er. Wir schüttelten uns nicht die Hände.

Wir gingen die Querstraße entlang, in der ich wohnte; aber ich sagte nichts. Da ich mich in New York kaum auskannte, hatte ich die erste Wohnung gemietet, die ich finden konnte. Die Fassade des Hauses sah alt aus, aber innen hatte man das ganze Gebälk herausgerissen und hübsche Böden, Decken und Treppen aus Zement eingebaut. Wenn das Wetter danach war, schwitzte der ganze Kasten wie ein unterirdisches Grab. Man hätte erwartet, daß Hafen- oder Bauarbeiter dort wohnten, weil der Fluß so nahe war. Aber mitnichten. Es war gefüllt mit feschen Büroangestellten, männlich und weiblich, und alten Jungfern beiderlei Geschlechts, die um zehn ins Bett gingen und um sechs aufstanden. In den Fluren ließ sich selten jemand blicken. Und ich will verdammt sein, wenn nicht eines Samstagmorgens, bevor ich aus dem Bett kroch, irgendein Arschloch im Stockwerk unter mir Harfe spielte! Was für ein Hammer, wenn mein neuer Bekannter im selben Haus wohnte!

»War ziemlich riskant, was du da gemacht hast«, sagte ich, während wir beide versuchten, schneller als der andere zu gehen. Wer uns sah, mußte denken, wir hätten es sehr eilig.

Er knurrte tief in der Kehle. »Stimmt«, sagte er. »Aber ein neues Tattoo macht mich immer heißer als die Hölle. Und außer mir war niemand da.«

»Ich weiß, was du meinst«, sagte ich. Ich dachte daran, daß ich einmal nackt vor dem Spiegel gestanden hatte, nachdem ich mir in Chicago einen Piepmatz auf die Schulter hatte tätowieren lassen, und was passiert war, stramm und dominant wie ich mich fühlte. Meine Hände machten sich selbständig! »Ich dachte, Tattoos sind in New York City verboten.«

Er machte eine Geste mit der Hand. »Klar sind sie das«, sagte er. »Es gibt keine Studios, aber manche tun's trotzdem. Ich war heute nachmittag auf 'ner Party, und sie ließen einen Tätowierer aus Chicago einfliegen.«

Ich schnaufte. »Doch wohl nicht den alten Pete Swallow?« fragte ich.

Er sah mich seltsam an. »Genau den«, antwortet er. »Warum? Trägst du eins von seinen Werken?«

Ich legte die Hand auf die Schulter. »Ja«, sagte ich.

»Verdammt«, rief er. Wir eilten durch die Nacht wie zwei Dinosaurier zum Paarungsplatz.

Natürlich wohnten wir im selben Haus! Er schloß die Tür auf, und ich senkte den Kopf, damit er mich nicht grinsen sah. Wie sagt man so schön? Die edelsten Diamanten findet man im eigenen Hof!

Als wir in den Gang traten, konnte ich ihn zum erstenmal genauer betrachten. Er hatte ein mageres, gebräuntes Gesicht – vermutlich von der Höhensonne – voller interessanter Ebenen, hohe Wangenknochen, ein gespaltenes Kinn und so weiter. Alles zusammen war durchaus ansehlich und ziemlich normal, aber mit einem kleinen Extra, das ihn davor bewahrte, wie jene Fernsehschönlinge auszusehen, die so viele Komplexe haben, daß sie keinen hochkriegen. Nach einer Weile wußte ich, was es war: Ein Auge schielte ein klein wenig. Es fiel kaum auf, aber man konnte nicht aufhören, sein Gesicht zu betrachten um herauszufinden, was daran so eigenartig war. An einer Seite des Kinns war eine feine, gezackte, blaue Narbe – eine von denen, die zurückbleiben, wenn man vom Motorrad in einen Haufen Schlacke und Kies fällt.

»Du fährst Motorrad?« fragte ich, als ich hinter ihm die Treppe hinaufstieg. Ich sprach leise und ging leise, denn es war spät.

»Früher mal«, antwortete er. »Hab nach einem schlimmen Unfall aufgehört.«

»Die Narbe am Kinn?«

»Genau«, sagte er. »Und das Auge.«

Er wohnte im ersten Stock genau unter meinem Apartment. Das amüsierte mich so, daß ich fast gekichert hätte – ich mußte es mit einem Husten unterdrücken. Er blieb vor der Tür stehen und schloß sie auf. »Komm rein«, sagte er. »Nichts Großartiges, aber gut genug für mich.«

Die Wohnung sah aus wie meine – nett und sauber und kalt, Schränke und Regale und ein Doppelbett. Eine Trennwand, eine kleine Küchenecke, ein winziges Bad. Und dann das Wohnzimmer. Ich schaute mich darin um und wäre fast auf den Zementboden geplumpst. Dort stand eine große, funkelnde Konzertharfe, mit Blattgold und barocken Schnörkeln verziert. In dem kleinen Apartment sah sie riesig aus.

Ich schluckte. »Allmächtiger!« rief ich.

»Ja«, meinte er. »Fast alle sind überrascht. Auch darüber, daß ich in der Wall Street arbeite.«

»Soll das heißen, du bist ein echter Ledermann und Motorradfahrer, der Harfe spielt?« fragte ich verblüfft. »Oder bist du nur ein B&B Lederjunge?«

Er runzelte die Stirn. »B&B? Was ist das?«

»Bosh & Bullshit«, erklärte ich. »Ein Pseudosadist oder –masochist.«

Er schüttelte den Kopf. »Ich weiß nicht, ob ich wirklich reinrassig bin«, sagte er.

»Wer weiß das schon?« entgegnete ich.

Er zog die Jacke aus. »Aber wenn du willst, kann ich's versuchen«, sagte er betont forsch. Er zog sich den schwarzen Pullover über den Kopf. Sein Körper war mager und langgliedrig, und er hatte vier große Tattoos auf den Armen und einen Adler mit gespreizten Flügeln auf der Brust. Das neue Tattoo auf dem Unterarm war ein hübscher grün-roter Drachen.

Ich begann mich ebenfalls auszuziehen. »Nee«, meinte ich, »kein Bedarf. Ich mag einfach Sex, ohne Kampf. Außerdem ist es zu spät, um zu kämpfen.« Ich grinste ihn an.

Er grinste zurück. »Bett oder Fußboden?« fragte er.

Ich warf einen Blick auf den rauhen Bastteppich. Irgendwie verstand ich, wie er sich fühlte. Das neue Tattoo und der Gedanke daran wüteten in seinem Blut wie ein heftiges Fieber und lösten in ihm das Bedürfnis aus, ein Held zu sein, und sei es nur für eine Nacht. Verdammt, heutzutage sind manche Männer echte Chaoten!

»Boden«, sagte ich, und als ich nackt war, legte ich mich flach hin und schaute zu ihm hinauf.

Er streifte seine Lederhose ab, zog seine Motorradstiefel wieder an und legte einen schwarzen Ledergürtel um. Plötzlich hatte er ein Vorhängeschloß in der Hand und schloß es behutsam um den schmalen Hals knapp oberhalb seiner Eier. Dann stellte er sich mit gespreizten Beinen über mich und begann zu sprechen.

Ich konnte kaum glauben, daß ein Harfenspieler, der in der Wall Street arbeitete, schmutzigere Ausdrücke kannte als ich. Immerhin hatte ich meinen Jargon in den besten Schulen der Welt – Docks, Bordelle, Hotels – und als LKW- und Taxifahrer gelernt. Und dieser Harfenist, der bei einem Börsenmakler arbeitete, übertrumpfte mich glatt! Ich habe nie im Leben einen stetigeren Strom von Beleidigungen gehört, vorgetragen mit leiser, aufdringlicher, stählerner Stimme, während die Sohle seines Stiefels über meine Brust scheuerte. Zur Abwechslung trat er zwischendurch einen Schritt zurück, und stellte einen Fuß rechts und links neben meinen Brustkorb. Dabei klemmte er soviel Haut zwischen die Stiefelsohle und den rauhen Teppich, daß ich hinterher noch tagelang blaue Flecken hatte.

Ich schätze, in dieser Nacht brachen wir kein einziges Gesetz der Vereinigten Staaten – nicht einmal eines von denen, die mit zwanzig Jahren Knast drohen. Man könnte sagen, es waren pubertäte Spielchen, erste biologische Experimente, die kleine Jungs hinter der Scheune veranstalten. Aus meiner Position aus (ich war überrascht, wie leicht mir die passive Rolle fiel) kam Dave mir wie ein Riese vor. Er war drei Meter groß, und seine magere Gestalt ragte hinauf ins Dämmerlicht. Und die ganze Zeit war er mit sich selbst beschäftigt. Als seine Erregung zunahm und der große Augenblick nahte, wurde seine Stimme immer rauher, seine Ausdrücke immer unflätiger, bis er plötzlich wie eine Feuerwerksrakete explodierte, die mit heißem Schnee gefüllt ist. Ich schloß mich ihm an, bevor der Schnee rieselte. Dann krümmte er sich, keuchte, stellte wieder einen Stiefel auf meine Brust und verschmiere den Saft langsam über meinen ganzen Oberkörper.

Hinterher duschte ich schnell und verabschiedete mich mit einem Händedruck.

Dave steckte den Kopf aus der Tür, als ich ging. »Sehen wir uns mal wieder?« fragte er.

»Klar, Mann«, sagte ich grinsend. Anstatt treppab zu gehen, ging ich nach oben.

Verdutzt riß er Mund und Augen auf.

»Wollen wir wetten, daß du mich wiedersiehst, Kumpel?« sagte ich. »Ich wohne nämlich genau über dir.« Ich tippte mit dem Finger an den Rand meiner Mütze und bog um die Ecke des Flurs.

Jeder, der einmal versucht hat, sich an eine neue Stadt zu

gewöhnen – oder sie an sich zu gewöhnen –, weiß, daß die ersten Wochen schwierig sind. Man vermißt einen Freund oder Kumpel, bei dem man sich ausquatschen kann. Für mich war Dave dieser Kumpel. Ich arbeitete im Hafen, und wenn ich schmutzig und müde nach Hause kam, war es sehr angenehm, eine Dusche zu nehmen und dann hinunter zu Dave zu gehen und mit ihm zu plaudern oder zusammen essen zu gehen. Manchmal kochten wir eine verdammte Mischung in seiner Wohnung oder in meiner. Ich glaube kaum, daß unsere Gerichte je einen Preis gewonnen hätten, aber daran lag uns nichts. Köche waren in dieser überaus männlichen Welt ein klein wenig verdächtig.

Wir redeten über Gott und die Welt, wie neue Freunde es eben tun. Dave war intelligent. Er stand kurz vor seiner Promotion an der Universität von Minnesota – ausgerechnet in Griechisch und Latein. Und er haßte seine Mutter.

»Dieses Miststück«, sagte er. »Schon bei der Geburt war ich in die Nabelschnur verwickelt wie ein Stier, der ein Brandzeichen verpaßt kriegt. Meines ist »M« für die vielen Dinge, die ich von meiner Mutter bekommen habe. Weißt du, als ich ihr Untertan war, stotterte ich so sehr, daß keiner mich verstand.«

»Davon merkt man aber nichts mehr.«

Dave lehnte sich zurück und nippte an seiner Cola. Er trank keinen Alkohol und rauchte nicht, weil er sich nicht kaputtmachen wollte. »Nein«, sagte er, »und das verdanke ich Doktor Bill in Chicago. Er –«

»Meinst du vielleicht Bill Broderick?« fragte ich.

Dave beugte sich vor. »Genau!« sagte er. »Du kennst ihn?«

Ich wedelte mit der Hand. »Er ist ziemlich bekannt«, sagte ich und fühlte mich nicht wohl dabei. Hoffentlich standen die beiden nicht in Verbindung. »Hörst du manchmal von ihm?«

»Nie«, entgegnete Dave. »Ich schreibe ihm auch nicht. Aber er hat mich mal besucht, und wir haben bei mir Pizza gegessen und eine Cola getrunken. Er hat mir stundenlang erklärt, daß man sich irgendwann im Leben von der großen Hexe namens Mutter lösen muß.«

»Hat's dir was gebracht?« fragte ich.

»Am nächsten Morgen hab' ich nicht mehr gestottert. Nie wieder.«

»Eine Heilung oder nur ein vorübergehender Stillstand?« überlegte ich. »Solche Blitzheilungen machen mich mißtrauisch.«

Dave zuckte mit den Schultern. »Keine Ahnung. Aber drei Wochen später verkaufte ich mein Motorrad – seit dem Unfall war ich ohnehin nicht mehr gefahren –, packte meine Bücher und meine Harfe ein und zog nach New York. Und seither habe ich mit der alten Hexe nicht mehr gesprochen und auch ihre Briefe nicht beantwortet. Ja, sie kriegte meine Adresse raus, mit Hilfe der Telefongesellschaft. Aber es ist aus.«

»Tot oder nur begraben?« fragte ich. »Es kann weiternagen.«

Dave schüttelte den Kopf. »Ich glaube, es ist tot.«

Jemand klopfte leise an die Tür. Ich richtete mich ein wenig auf und musterte meine Kleider. Alles war in Ordnung. »Wer ist das?« flüsterte ich.

Dave hob eine Schulter. »Vielleicht Carol«, sagte er. Er stand auf, ging zur Tür und öffnete sie.

»Hi!« meldete sich die Stimme eines Mädchens. »Kannst du mir etwas Zucker borgen?«

»Klar«, antwortete Dave. »Komm rein.« Er öffnete die Tür. Ich spürte eine innere Spannung und ein leichtes Frösteln – meine normale Reaktion, seitdem ich vor ein paar Jahren den Versuch aufgegeben hatte, ein Hetero zu sein.

»Das ist Duke«, stellte er mich vor. »Carol.«

»Hallo«, sagte ich, ohne aufzustehen. Sie war schwarzhaarig, Sekretärinnentyp, und hatte die übliche Zahl von Augen und Beinen und Armen und Titten. Sie interessierte mich nicht im geringsten, und sie merkte es.

Dave holte Zucker, und sie sagte auf Wiedersehen und ging. Als er die Tür geschlossen hatte, stellte ich fest: »Sie ist scharf auf dich. Zucker ...!«

»Kann sein«, sagte er.

»Was ist sie – eines von diesen verrückten Mädchen, die mit echten Männern nicht klarkommen und mit Tunten herumspielen?«

»Ich weiß es wirklich nicht«, sagte Dave. Er schien sich nicht wohl zu fühlen.

»Warst du je mit einer Frau im Bett?« fragte ich.

Dave schaute zu Boden. »Nee«, sagte er. »Würde es aber gerne mal probieren.«

»Laß dich nicht aufhalten«, sagte ich. »Aber sie sind zu locker. Ein Pfund warme Leber hat die gleiche Wirkung. Weiß sie über dich Bescheid?«

Er nickte.

»Also denkt sie, daß die Liebe einer guten, reinen Frau alles ist, was du brauchst, damit du dich in einen netten, zahmen Vorstadt-Hetero verwandelst, stimmt's?«

»Sie hat eigentlich nicht versucht, mich zu bekehren«, sagte Dave, der jetzt ein wenig rot wurde.

»Wenn ich dir einen Rat geben darf, Kumpel – laß die Mösen in Ruhe. Du bist bereits festgelegt. Und wenn du versuchst, daran herumzudoktern, landest du in der Klapsmühle. Du befindest dich in einem zu wackeligen Gleichgewicht. Harfe, Motorrad, Tattoos – damit willst du Aufmerksamkeit erregen. Deine Mutter lehnst du ab. Dein Stottern hat eine Blitzkur geheilt. Carol ist vielleicht genau das, was du brauchst, um durchzudrehen.«

Dave grinste. »Ich werde darüber nachdenken, Doktor. Was schulde ich Ihnen für die Konsultation?«

Ich streckte Arme und Beine aus. »Oh, das ist schwer zu sagen. Wie wär's mit einem kleinen Blaskonzert?«

So war das zwischen Dave und mir – gute Freundschaft und Kameradschaft.

Der April löste den März ab. Die Bäume im Park bekamen Knospen, und die Säfte stiegen in den Büschen und in den Menschen. Ich wurde befördert und bekam jetzt einen Dollar mehr in der Stunde, und weil ich nebenberuflich noch als Stricher arbeitete, ging es mir ganz gut. Eigentlich mochte ich die Arbeit im Hafen nicht besonders, weil sie verdammt hart war; aber ich hatte gemerkt, daß ich dabei in guter körperlicher Verfassung blieb und mir ein Fitneßcenter oder Gymnastik sparen konnte – ich verabscheute beides.

Ich konnte also nicht klagen. Aber Dave benahm sich etwas seltsam. Anfangs war er sehr liebenswürdig und immer für einen Scherz zu haben gewesen; doch als die Wochen vergingen, fiel mir auf, daß er oft still und irgendwie trübsinnig war. Im Mai spitzte sich die Lage zu.

Ich war eben nach Hause gekommen und hatte geduscht, als Dave an die Tür klopfe – dreimal kurz und einmal lang, wie immer. »Komm rein«, rief ich, trocknete mich zwischen den Beinen ab und bückte mich, um die Füße zu trocknen. Als ich mich aufrichtete, erlebte ich einen Schock. Dave stand an der Tür des Badezimmers. Sein gebräuntes Gesicht war blaß – es war der häßliche Farbton, der sich einstellt, wenn dunkle Haut bleich wird –, und seine Lippen waren zu einer Art Fischmaul verzerrt. Er versuchte zu sprechen, brachte aber kein Wort heraus. Er keuchte und würgte nur.

»He!« rief ich, ließ das Handtuch fallen und packte ihn am Arm. »Beruhige dich, Mann. Komm ins Wohnzimmer und sag mir, was passiert ist.«

Kaum hatte ich das gesagt, brach er zusammen. Seine Knie wurden weich, und ich hielt ihn in den Armen. Zuerst dachte ich, er sei ohnmächtig geworden, aber für einen Bewußtlosen war er zu verspannt. Dann fielen mir eine Mange anderer Erklärungen ein – Schlaganfall, Epilepsie, psychomotorischer Anfall und so weiter – und ich bekam höllische Angst.

Es gelang mir, ihn ins Schlafzimmer zu schleifen und aufs Bett zu heben. Er hatte nur ein T-Shirt und eine Hose an. Ich öffnete seinen Gürtel, dann holte ich ein kaltes nasses Handtuch und legte es ihm auf die Stirn. Von erster Hilfe verstand ich nicht viel. Ich hatte keine Ahnung, ob ich ihm Whiskey oder ein Beruhigungsmittel geben sollte, aber dann fiel mir ein, daß er nicht trank und daß dies wohl kein günstiger Moment war, um damit anzufangen. Also holte ich die Tabletten und gab ihm zwei – genug um einen Gesunden sechs Stunden lang zu beruhigen, nahm ich an.

Etwa eine halbe Stunde später schien es ihm besser zu gehen. Seine Hände waren immer noch kalt und feucht, aber das Zittern hatte aufgehört.

»Dave«, sagte ich, »was ist passiert? Kannst du es mir sagen?«

Es war schrecklich. Er versuchte zu sprechen; aber ich hatte nie zuvor soviel Würgen und Stammeln gehört. Manchmal brachte er kein Wort heraus und mußte nach einem anderen suchen. Mit der Zeit konnte ich die folgende Geschichte rekonstruieren:

Er hatte an diesem Freitagnachmittag nicht gearbeitet und Carol ebenfalls nicht. Darum war sie zu ihm gekommen und hatte ihn verführt. Sie hatten sich ausgezogen und waren ins Bett gegangen – aber er hatte total versagt. Anstatt ihm zu helfen, hatte Carol ihn ausgelacht und verhöhnt. Schließlich hatte sie sich angezogen und war gegangen, und Dave war etwa eine Stunde lang weggetreten. Dann gelang es ihm, sich zu mir zu schleppen.

Ich sagte ein paar passende Worte über Carol und überlegte, was ich tun sollte. Wie behandelt man einen Schlangenbiß in der Seele? Hier war schnelles, entschlossenes Handeln gefragt, und ich wußte nicht, was. Essen? Nein. Außerdem wollte ich ihn nicht allein lassen. Natürlich hätte ich ihn fesseln können, damit er nicht an Messer und Gifte und Rasierklingen herankam; aber ich hatte das Gefühl, daß ich mir eine drastischere Methode einfallen lassen mußte, um ihn abzulenken, wenigstens vorübergehend. Allerdings hatte ich unter den New Yorker Psychiatern keine Freunde.

Also benutzte ich Logik oder vielleicht nur meinen gesunden Menschenverstand, die einzige Waffe, die mir zur Verfügung stand, um die seltsamen, geflügelten Schreckgespenster zu vertreiben, die in den grauen Tälern seines Gehirns tobten. Ich setzte mich, immer noch nackt, auf den Boden neben das Bett und drehte ihn auf die Seite, so daß er mich ansah.

»Dave«, sagte ich und schüttelte ihn. Er öffnete die Augen. Ich wünschte, er hätte es bleiben lassen – sie waren rot und sahen gequält aus.

»Dave«, sagte ich noch einmal. »Spuck mir ins Gesicht.«

Er kapierte nicht. Ich wiederholte die Aufforderung. Beim zweitenmal tat er es. Seine Augen weiteten sich ein wenig vor

Schreck. Ich schloß die Augen und drehte das Gesicht nach oben. »Mach weiter«, sagte ich.

Er richtete sich ein wenig auf, und dann spürte ich es – heftig und naß auf meiner Stirn und auf den Wangen. Ich mußte mich zusammenreißen, um es nicht abzuwischen.

»Nochmal«, sagte ich und öffnete den Mund. »Diesmal hier rein.« Wieder schloß ich die Augen und spürte, wie es mich hinten im Rachen traf. Ich schluckte. Es war schlimm, aber ich mußte ihm helfen, sein zerbröckeltes Ich zu kitten. Dann kroch ich auf Knien zum Fußende des Bettes und zog ihm den Schuh vom rechten Fuß. Er trug keine Socken. Ich küßte seinen Fuß und die Zehen und beobachtete seine Reaktionen. Er hatte die Augen wieder geschlossen und den Brustkorb nach oben gekrümmt. Seine Hände krallten sich in die Bettdecke.

Ich ließ von seinem Fuß ab und streifte seine Hose nach unten. Er hob nicht die Beine, um mir zu helfen. Dann schwang ich mich an die Seite des Bettes und legte mein Gesicht neben seines.

»Dave«, sagte ich leise und eindringlich. »Bitte komm und stell dich über mich.«

Ich legte mich flach auf den Boden. Ich hatte keine Ahnung, ob es klappen würde, und inzwischen zitterte ich selbst ein wenig. Und es gelang mir nur mit Mühe zu sagen, was ich sagen mußte. Ich benutzte das Wort nie wieder. Es existiert nicht in der Welt eines Strichers. Aber ich wußte, daß ich es aussprechen mußte.

»D-Dave«, stammelte ich. »Komm schon, Dave. Ich ... ich liebe dich. Los, komm! Ich gehöre dir. Bitte. Tu mit mir, was du willst. Ich gehöre ganz dir, Dave. Ich – l-liebe dich.«

Das Wort blieb mir fast im Hals stecken. Ich sagte es mehrere Male, und jedesmal mit einem extra »Ich«. Jetzt war ich derjenige, der stotterte. Aber ich redete weiter.

»B-bitte, Davey – ich bin dein ... Sklave. Ich liebe dich. Ich liebe dich.« Nach einer Weile fiel es mir leichter. Dann sah ich plötzlich ein langes, schlankes Bein über die Bettkante gleiten, gefolgt vom anderen. Er stand auf und brachte seine Hand in die gleiche Position wie damals, als ich ihn zum erstenmal gesehen hatte. Er war wieder erregt und machte ein finsteres Gesicht. Dann stellte er die Füße neben meinen Brustkorb.

»Du Bastard!« sagte er klar und deutlich. »Dir werd' ich's zeigen. Diesmal besorg' ich's dir, und du wirst um mehr betteln.« Er stotterte nicht im geringsten.

Er beugte sich über mich und bespuckte mein Gesicht lange und gründlich. Irgendwie wußte ich, daß ich mich nicht abwenden durfte, sondern alles mit offenen Augen in Empfang nehmen mußte.

Tja, das war's. In den nächsten Wochen schien Dave in Ordnung zu sein. Aber jetzt hatte ich mich verändert. Es war mir verteufelt peinlich, nach meiner »Liebeserklärung« mit ihm zusammen zu sein. Ein bißchen Angst hatte ich auch. Mir schien, seine Seele war ein alter Schlauch, der oft geflickt worden war. Sogar die geflickten Stellen waren geflickt. Wer konnte wissen, wann er endgültig platzen würde?

Darum machte es mich nervös, bei ihm zu sein, und aus diesem Grund schaute ich mich nach einer anderen Wohnung um. Schließlich fand ich ein kleines Apartment in der MacDougal Street, und eines Sonntags – als er mit ein paar Freunden aufs Land gefahren war – packte ich meine wenigen Sachen zusammen und zog um. Ich sagte ihm nichts und gab auch niemandem meine neue Adresse. In New York kann man leicht verschwinden. Viele tun es, selbst wenn sie ihren Weg kennen. Wie Dave. Und wie ich.

Aber die Geschichte hat noch ein lustiges Ende. Ein paar Monate später ging ich zurück und holte meine Post. Ich hatte den Hauswirt gebeten, sie für mich aufzuheben. Er reichte mir etwa sechs Briefe. Dann griff er nach einem zweiten verschnürten Bündel.

»Nehmen Sie Metcalfs Post auch mit?« fragte er.

Ich war überrascht. »Wohnt er denn nicht mehr hier?«

Der Hauswirt zog die Augenbrauen hoch. »Ist er nicht bei Ihnen?« fragte er. »Ich dachte, Sie seien beide ausgezogen, um zusammen zu wohnen. Das hat er doch gesagt. Sie sind am Sonntagmorgen gegangen und er am Abend.«

Mir fiel keine schlaue Antwort ein. »Äh ... er wird sie wahrscheinlich selbst holen«, sagte ich und verabschiedete mich etwas verwirrt. Und ein wenig verärgert.

Anscheinend hatten wir beide das gleiche über seine »Heilung« und die letzte schmerzliche Szene gedacht. Aber es war nicht sehr kameradschaftlich von ihm, mir nichts von seinen Plänen zu sagen.

Vielleicht gehe ich eines Tages in ein Harfenkonzert und frage ihn, warum er mir nichts gesagt hat. Natürlich in meiner Stricheruniform. Er wird bestimmt da sein.

MISSION IN KUBA

Zum dritten Mal ließ der Steward im Flugzeug der Air France von Paris nach Kuba im Gang etwas fallen. Zuerst war es eine Plastiktasse gewesen, dann ein Plastikteller und diesmal eine Papierserviette.

Nachdem der Teller gefallen war, sah ich, daß er beim Bücken versuchte, einen raschen Blick unter meinen Kilt zu werfen. Ich arrangierte die Felltasche so, daß sie nicht mehr zwischen den Beinen lag, und straffte den Saum des stolzen, karierten Schottenrocks, damit der Mann beim nächsten Mal sein kleines französisches Herz erquicken konnte.

Als er sich bückte, um die Serviette aufzuheben, beobachtete ich seine Augen. Sie guckten unter den Kilt und weiteten sich, als ich die Hüfte ein wenig nach vorne schob. Sein Mund stand offen. Er fuhr mit der Zungenspitze über den Rand der Unterlippe und sah mich an. Ich grinste und zwinkerte ihm zu.

Er sprach mich sofort an. »Monsieur haben einen Wunsch?«

Ich warf einen Blick zu der Dame am Fenster. Sie schlief fest. »Och«, sagte ich mit meinem besten schottischen Akzent, »Sie sind ein frecher Bengel. So einen Stoff hätten Sie wohl gerne selbst, was?«

Er wurde tiefrot. »I-ich wollte nur sehen, ob Monsieur ... «

»Ob ich unter dem Kilt etwas anhabe?« Ich schaute auf die Uhr. »In fünfzehn Minuten gehe ich in die Herrentoilette«, sagte ich. »Die an der Steuerbordseite, achtern.«

»Ich werde sie für Monsieur vorbereiten«, meinte er leise. Er stand auf und ging in den hinteren Teil des Flugzeugs.

Was für eine verrückte Welt! Da flog ich auf Kosten der

Vereinigen Staaten nach Kuba – mit einem schottischen Paß, zahlreichen sorgfältig gefälschten Papieren, drei Schottenanzügen mit Kilt und einem schmutzigen kleinen Plan, der mir so gründlich eingetrichtert worden war, daß ich ihn nicht vergessen konnte, selbst wenn ich es versucht hätte.

Vor drei Jahren hatte mich das Außenministerium gefeuert, weil man mich in der Herrentoilette mit einem anderen Mitarbeiter (und heruntergelassener Hose) erwischt hatte. Ich mußte mich also nach einem anderen Job umsehen. Vor zwei Monaten hatte mein früherer Chef mich rufen lassen.

Als ich ankam, brachte man mich sofort in sein Büro. Er deutete auf einen Sessel, und ich nahm Platz. Sein Haar war ein wenig grauer und sorgfältig gekämmt wie eh und je. Ich hatte immer vermutet, daß er ein Clubmitglied war, wenn auch etwas vorsichtiger als ich.

»Sie sind Schotte, Jock, nicht wahr?«

Ich deutete auf meine Akte, die vor ihm auf dem Tisch lag. »Wie Sie sehen, Mr. Brent«, sagte ich. »Würden Sie mir jetzt sagen, warum Sie mich hierher bringen ließen, obwohl Sie mich vor drei Jahren rausgeworfen haben?«

»Es geht ums Vaterland, Jock«, sagte er. »Wir wollen, daß Sie uns einen Gefallen tun.«

Ich zuckte mit den Schultern. »Glauben Sie im Ernst, daß ich das mache?« fragte ich spöttisch, »so wie man mich hier behandelt hat?«

Er seufzte. »Seither hat sich vieles verändert«, sagte er ein wenig matt. »Wir entschuldigen uns für alles. Wir denken heute anders. Aber damals haben Sie zugegeben, homosexuell zu sein.«

»Wie Millionen andere«, sagte ich verbittert, »innerhalb und außerhalb des Ministeriums.«

»Ja, ich weiß«, entgegnete er. »Also, es geht um Folgendes ... Sie müssen es nicht machen. Aber wir wissen, daß Sie Schotte sind und daß Sie fließend Spanisch sprechen. Wir möchten Sie für drei Wochen nach Edinburgh schicken, damit Sie Ihren schottischen Akzent auffrischen. Dann sollen Sie als

Tourist nach Kuba reisen – mit Mc-Andrews-Kilt und Clanmuster. Sämtliche Kosten werden bezahlt.«

Ich war erstaunt. »Warum denn das?«

Brent lächelte. Er sah gar nicht schlecht aus, wenn er lächelte. »Als Köder«, sagte er. »Der große Boss in Kuba hat mindestens einen Schwulen in seinem Stab, einen Kerl, den man Pipon Fajardo nennt. Pipon heißt Bierbauch, glaube ich. Er hetzt seinen Chef mehr denn je gegen uns auf. Wir wollen, daß Sie mit Pipon anbandeln. Einer unserer Agenten wird ihn auf frischer Tat fotografieren, um ihn ... äh ... zu diskreditieren.«

»Soll das heißen«, fragte ich, »Sie wollen ihn knipsen, während er mir einen bläst?«

Seine Augen nahmen einen schmerzlichen Ausdruck an. »Nun ... äh ... ja, ich glaube, so sagt man dazu.«

Ich lachte. »Schwule sind also doch manchmal verwendbar.«

»Manchmal muß man Feuer mit Feuer bekämpfen«, murmelte er.

Darum also saß ich im Flugzeug. Der Aufenthalt in Edinburgh hatte mir Spaß gemacht, und an den Kilt hatte ich mich mühelos gewöhnt. Den Akzent fing ich rasch wieder ein, immerhin hatte ich ihn als Kind von meinem Großvater gelernt. Und ich durfte die kräftigen grünen und scharlachroten Farbtöne des Mc-Andrews-Clans offen tragen. Die große weiße Felltasche mit dem schwarzen Rand baumelte zwischen meinen Beinen, und die Luft zirkulierte ungehindert unter dem Kilt. Der »Ausbilder« in Edinburgh hatte erklärt, ich dürfe einen kleinen schwarzen Slip tragen, wenn ich wolle. Bei den Soldaten sei das allerdings verpönt. Lachend erzählte er mir, ein schottischer Soldat, der am Abend in die Stadt gehen wollte, habe sich auf einen Spiegel im Fußboden stellen müssen, damit ein Inspektor sich davon überzeugen konnte, daß der Mann unter dem Kilt nichts anhatte. »Es ist gut für die Gesundheit«, versicherte er, »wenn dein Ding frei rumhängt, und es ist eine große Versuchung für alle Burschen.«

Ich dachte darüber nach. »Aber wenn ihn nichts hält, ist es nicht unbedingt ratsam, geil zu werden.«

»Das stimmt«, gab Old Mac zu. »Man muß sich eben beherrschen, damit er nicht steif wird und die Felltasche wegschiebt.«

Ein großartiger alter Kerl. Ich mochte ihn. »Du wirst keine Geheimwaffen bei dir tragen«, sagte er. »So lauten die Anweisungen.« Dann huschte ein verschlagenes Grinsen über sein faltiges Gesicht. »Aber ich schätze, du brauchst keine andere Waffe als das, was zwischen deinen Beinen hängt, mein Junge.«

Also nahm ich nur meine Kamera, einen Reiseführer und meine natürliche Geheimwaffe mit – nicht einmal eine Zyankalikapsel für den Fall, daß man mich schnappte. Ich sollte so tun, als verstünde ich kein Wort Spanisch, und die Ohren aufmachen ...

Etwas streifte mich am Arm. Der gutaussehende kleine, schwarzhaarige Steward schritt durch den Gang. Ich drehte mich um und beobachtete ihn. Er ging nach Steuerbord in die Toilette. Also stand ich auf und folgte ihm. Niemand wartete vor der Tür, und die nächste Stewardeß beugte sich gerade in der Mitte des Flugzeugs über einen Passagier und sprach mit ihm.

Ich öffnete die Tür und ging hinein. Meine Schottenmütze schob ich verwegen auf die Seite. Der Steward machte sich hinter der Tür ganz dünn. Rasch schloß und verriegelte er sie.

»Monsieur erlauben ...?« flüsterte er.

»Was soll ich erlauben?« fragte ich, den Dummen spielend.

Seine heiße, schlanke Hand stahl sich nach unten und schob die Felltasche beiseite. Durch das Tuch spürte ich seine Finger an meiner Geheimwaffe, aber ich wich nicht zurück. Es wäre ohnehin nutzlos gewesen, da ich mit dem Rücken an der Wand lehnte. Ich schaute in den Spiegel über dem Waschbecken und seufzte. Dieser verdammte Kilt machte mich narzistisch. Aus dem Spiegel starrte mich ein attraktiver Mann an, einsdreiundachtzig, kastanienbraunes Haar mit leichtem Kupferton hier und da, weiße Haut, verdammt hübsches Gesicht.

Der kleine französische Steward verschwand plötzlich aus

dem Spiegel, und ich sah nur noch mich selbst. Dann begann die Felltasche sich auf und ab zu bewegen. Und irgendwo unterhalb der leichten, sinnlichen Berührung der Wolle spürte ich den heißen Mund des kleinen Stewards. Seine Zunge tastete und wühlte im Haarbüschel. Ganz sanft schluckte er ein Ei, dann das zweite. Danach wandte er sich der Hauptattraktion zu. Unter der Fürsorge seiner Zunge und seiner Lippen stieg ich bald himmelwärts, über unsere normale Höhe von zehntausend Metern hinaus. Vorsichtshalber hielt ich mich unten am Waschbecken fest. Dann spürte ich Kometen an der Wirbelsäule entlang huschen, und auf einmal wurde die Sonne zur Nova und explodierte hinter meinen zusammengepreßten Augenlidern.

Das Gesicht kam unter meinem Kilt hervor, gerötet und mit wirrem Haar. Ich schaute hinab in seine strahlenden Augen und lächelte. Er lächelte zurück.

»M-Monsieur«, sagte er, ein wenig außer Atem. »Monsieur ... ist ein echter Mann! M-Monsieur wird wahrscheinlich der beliebteste Tourist sein, der in diesem Jahr nach Kuba reist.«

Ich grinste ihn an und zerzauste ihm das Haar.

»Merci infiniment« , sagte ich.

Er schaute auf die Uhr. »Es hat nur hundertzwanzig Meilen gedauert«, stellte er fest.

Ich lachte.

»Wo wird Monsieur in Havanna absteigen?«

»Im Hotel Parado.«

Er nickte. »In diesem Hotel gibt es eine sehr ... wie sagt man? ... *sympathique* Bar. Ich werde am Freitag dort sein. Heute ist Montag. Darf ich Monsieur dort am Freitagabend um neun sehen?«

Wieder rupfte ich an seinem Haar. »Klar«, sagte ich, »wenn ich es einrichten kann. Wie heißt du?«

»Marcel«, stellte er sich vor. »Marcel Gagnon.«

Ich streckte die Hand aus. »Jock McAndrews«, sagte ich und zeigte ihm mein strahlendstes Lächeln.

Er öffnete die Tür einen Spalt und guckte hinaus. »Die Luft ist rein«, sagte er und verschwand.

Ich schaute an mir hinab. Meine verdammte Geheimwaffe war gar nicht so geheim – sie schob die Felltasche zu weit vor. Ich mußte ein paar Minuten warten. Also verschränkte ich die Arme, lehnte mich mit dem Hintern ans Waschbecken und dachte an die hungernden Armenier.

Vielleicht würde ich mich in Kuba noch recht gut amüsieren. Dieses Erlebnis war jedenfalls ein verheißungsvoller Auftakt gewesen.

Aber einhundertzwanzig Meilen ... ich mußte besser werden! Hundert Meilen waren das Limit. Ich mußte in Form sein – für die hübschen, braunen Latinos und für den alten Pipon.

Das Flugzeug landete sehr sanft auf dem Flughafen von Havanna. Er sah ziemlich modern und belebt aus wie jeder andere große Flughafen: viele Glasfenster vom Fußboden bis zur Decke. Einen Unterschied gab es allerdings – die Fenster sahen aus, als seien sie seit Jahren nicht geputzt worden.

Wie Schafe folgten wir der Stewardeß zum Zollschalter. Sie war eine attraktive Frau oder hätte es zumindest sein können; aber das Regime verbot ihr Lippenstift und Rouge, und sie sah trotz ihrer dunklen Haut ziemlich farblos aus. In solchen Fällen geht es Männern besser – sie haben immer etwas Rot auf den bronzenen Wangen, und ihre Lippen sind dunkel und einladend.

Mein Glück führte mich zu einem kleinen, dunkelhaarigen, goldbraunen und aufregend aussehenden Zollbeamten. Er hatte große schwarze Augen, und seine Blicke verrieten mir, daß er Clubmitglied war, obwohl die Regierung von Kuba Homosexualität auf der Insel verboten hatte. Er schluckte zweimal kräftig, als er meinen Kilt sah. Die Beule an seiner Hose ließ auf verborgene Genüsse schließen.

»Hat der Señor etwas zu verzollen?« fragte er mich, als ich an der Reihe war.

»Nur mich selbst«, antwortete ich und grinste breit.

Er schien sehr nervös zu sein. »Keine Zündhölzer, Zigaretten oder Spirituosen?« fragte er.

Jetzt fiel mir ein, daß ich ein paar Zündholzbriefe aus Edinburgh mitgebracht hatte. »Äh ... nein«, sagte ich, »außer vielleicht ein paar Zündhölzer. Das habe ich nicht gewußt. Es ist doch erlaubt, oder?«

Er schüttelte so kräftig den Kopf, daß sich sogar sein Kraushaar bewegte. Er trug eine eng anliegende Uniform, enger als die seiner Kollegen, wie ich bemerkte.

Mit ernstem Gesicht sagte er: »Würde der Señor bitte den Koffer öffnen?«

Ich tat es. In einer Ecke lag eine ganze Handvoll Zündholzbriefe.

»Der Señor muß mit mir kommen«, forderte er. Das Lächeln auf seinem Gesicht war verschwunden, aber das Zwinkern blieb.

Ich schloß den Koffer und folgt ihm zu einer Tür mit der Aufschrift »Zoll – Privat«.

Als wir drinnen waren, stellte ich den Koffer ab und sagte: »Es tut mir leid. Ich kannte die Bestimmungen nicht.«

Er machte eine vage Geste. »Wir müssen alles durchsuchen«, sagte er. »Würden Sie sich bitte ausziehen.« Er schloß die Tür sorgfältig ab.

Es war ein großer, kahler Raum mit einem langen Spiegel an einer Wand. Ich warf einen kurzen Blick darauf und sah, daß er dunkel schimmerte – wie ein Doppelspiegel. Ob da jemand auf der anderen Seite war? Ich zog den Kilt aus – und glaubte ein unterdrücktes Keuchen des flotten Kubaners zu hören. Ich legte die Felltasche ab, das Schultertuch und das Hemd, und bald stand ich splitternackt da, sogar ohne die karierten Strümpfe und die schwarzen Schuhe. Das einzige, was mir blieb, war meine Schottenmütze.

Dann überraschte mich der kleine Kubaner. Er öffnete flink den Gürtel und fummelte kurz an den Knöpfen seines Hosenschlitzes herum. Dann fiel seine Hose zu Boden. Er öffnete eine Schreibtischschublade, holte eine Tube Vaseline heraus und betupfte die richtige braune Stelle damit. Dann lächelte er mit weißen Zähnen und beugte sich über ein passendes Geländer. »Der Señor aus Schottland soll die ganze Gastfreundschaft unseres Landes genießen«, sagte er.

Ich betrachtete die beiden Melonenhälften vor mir, und meine Geheimwaffe begann sich von selbst zu laden, so daß ich nach wenigen Augenblicken bereit zum Feuern war. Zwischen den beiden Hälften lief ein kleines Rinnsal aus schwarzen Haaren nach unten. Er war eine echte Schönheit, und ich brach zu meiner Reise ins himmlische Tor auf.

Ich hatte den Eingang zum Paradies etwa zur Hälfte hinter mir, als er ein wenig stöhnte, und als ich die beiden Hälften packte und kräftig auseinanderzog, spürte ich, wie die Haut unter meinen Händen in Schweiß ausbrach.

»Das ist wirklich ein freundlicher Empfang«, stellte ich fest und schob kräftiger. »Aber ist es nicht ein bißchen verrückt?«

Er murmelte etwas, was ich nicht verstand. Aber dann hörte ich in der Ferne ein leises Surren. Es drang hinter dem Spiegel hervor. Unsere kleine Show wurde also gefilmt!

Na schön, dachte ich, machten wir das Beste daraus. Ich verdoppelte meine Bemühungen, und meine Stöße wurden immer heftiger. Ich ging leicht in die Knie, krümmte mich nach vorne und zur Seite, packte ihn um die Taille und keuchte. Es war keineswegs alles Theater! Der Kleine wußte Bescheid, und es schien ihm ebenso großen Spaß zu machen wie mir. Dann feuerte meine Geheimwaffe zum zweitenmal in zwölf Stunden.

Ich ließ mich auf ihn sinken, obwohl ich wußte, daß das Geländer ihn beinahe in der Mitte spaltete. So blieben wir einen Moment.

Danach wusch ich mich, und wir zogen uns wieder an. Das Surren hatte aufgehört. Ich hoffte, daß es ein netter Film geworden war. Vielleicht handelte dieser Bursche in höherem Auftrag. Oder würde man mich mit dem nächsten Flugzeug zurückschicken? Aber das kam mir unlogisch vor. Das Ganze mußte doch einen Zweck haben, auch wenn ich nicht wußte, welchen.

»Wo wird der Señor wohnen?« fragte er, als wir alles zugeknöpft hatten. Ich sagte es ihm. Er sah ein wenig zerzaust aus, aber nicht zu sehr.

Dann nahm ich meinen Koffer, und wir gingen hinaus. Ich

folgte den Hinweisschildern zum Taxistand und hatte sogar das Glück, ein Taxi zu finden. Die meisten anderen Passagiere zwängten sich in einen Bus.

Ein dunkler Kubaner, etwa funfunddreißig, ging an mir vorbei. Unter dem Arm trug er eine spanische Übersetzung von Maughams *The Moon and Sixpence.* Das war das Erkennungszeichen, das Brent mir beschrieben hatte! Der Mann blieb an der Bordsteinkante stehen und schaute sich um. Ich ging zu ihm und warf einen Blick auf das Buch.

»Eine gute Geschichte«, sagte ich und nickte.

»Ja, er kennt seine Leute«, antwortete der Kubaner auf englisch. Das war der Rest des abgesprochenen Kodes. Dann öffnete er das Buch und tat, als lese er. Aber er sprach leise aus dem Mundwinkel.

»Der Zollbeamte ist der Zuhälter des alten Pipon«, sagte er. »Sobald der Film entwickelt ist, werden Sie wahrscheinlich von ihm hören.«

Ich zuckte zusammen, und fast wäre ich rot geworden. Natürlich ging es mich nichts an, woher er es wußte.

Der Mann murmelte weiter. »Sie dürfen spazierengehen, wo Sie wollen. Fotografieren Sie. Schauen Sie aus wie ein Tourist. Versuchen Sie aufzufallen. Und stellen Sie sich dumm.« Ein Lächeln huschte über sein Gesicht, als habe er einen amüsanten Satz gelesen.

»Okay«, flüsterte ich.

Nachdem ich mich in dem kärglichen Hotelzimmer eingerichtet hatte, befolgte ich seinen Rat. Wenn ich behaupten würde, ich hätte in Havanna Aufsehen erregt, so wäre das eine Untertreibung. Kleine Kinder folgten mir und schrien. Alte Männer zogen die Augenbrauen hoch, und ich hörte ihre Bemerkungen über meinen Kilt – es war immer dasselbe: »Ob er wohl etwas darunter anhat?« Junge Schwule machten mir schöne Augen, als ich an den folgenden beiden Tagen in der heißen Sonne der faulen tropischen Nachmittage umherging. Junge Mädchen warfen mir kichernd Blicke zu und flüsterten etwas hinter vorgehaltenen Händen.

Ohne große Mühe fand ich alle Attraktionen von Havanna.

Eine der wichtigsten war das Manzana de Gomez, ein Gebäude, das einen halben Straßenblock für sich beanspruchte und um einen Marktplatz herum gebaut worden war. Die Kaufhäuser waren besonders interessant – überall sah ich Jungs, mit denen ich gerne ins Körbchen gehuscht wäre. Und die Calle St. Obispo, die von der Manzana zur Habana im alten Viertel führte, war von jungen Männern gesäumt, die auf dem Bürgersteig einem Beruf nachgingen, der mir vertraut war. Onkel Fidels Befehle wurden anscheinend nicht nachdrücklich durchgesetzt.

Ich tat alles, was man von einem Touristen erwarten durfte. Ich besuchte die Capitolia, wo die »Parlamentarier« ihrem Geschäft nachgingen. Der große Diamant war noch da, im Fußboden der Rotunde, und wurde streng bewacht. Ich erkundigte mich danach, obwohl ich wußte, daß er das Zentrum war, von dem aus alle Entfernungen in Kuba gemessen wurden. Wann würde er wohl in der Schatztruhe von Onkel Fidel landen?

Am Abend des dritten Tages klopfte ein Page an meine Tür und überreichte mir einen Umschlag, auf dem mein Name stand. Ich dankte ihm, gab ihm ein Trinkgeld (das er eigentlich nicht annehmen durfte) und schloß die Tür.

Im Umschlag steckte eine dicke weiße Karte, auf der in Kursivschrift gedruckt stand: »Der Verteidigungsminister, Camillo Fajardo, wünscht – hier war mein Name eingetragen – am Freitagabend um zwanzig Uhr bei einem Empfang in seinem Haus in der Avenida del Monte 77 zu sehen.« Seltsam – »Freitagabend um zwanzig Uhr« war ebenfalls handgeschrieben!

Ich setzte mich auf die Bettkante, betrachtete das Ding und fragte mich, warum das Datum und die Zeit nicht gedruckt worden waren. Besaß der alte Pipon womöglich einen ganzen Stapel dieser Karten und benutzte sie einfach, wenn er jemanden gefunden hatte, den er haben wollte?

Dann kam mir noch ein Gedanke. Der arme Marcel, der kleine Steward der Air France, würde enttäuscht sein! Nun ja, dachte ich achselzuckend, an der Malcón saßen genug Jungs auf der Mauer am Strand.

Vielleicht würden wir uns ja auf dem Rückweg sehen. Aber alles der Reihe nach.

Die Dämmerung war bereits hereingebrochen an diesem Freitagabend – eine warme, purpurrote kubanische Dämmerung, träge und tropisch. Eine schwache Brise raschelte in den Blättern der Bäume. Ich ging die Prado – die Hauptstraße – entlang zu meinem Rendezvous mit dem alten Pipon in der Avenida del Monte. Die Prado war ein attraktiver Boulevard mit Bänken an beiden Seiten und einer kleinen Allee in der Mitte. Und die Bänke waren alle von attraktiven, lachenden jungen Männern besetzt, deren weiße Hemden bis zum Nabel offen waren. Ihre braunen Brustkörbe glitzerten im Licht des Mondes, den ab und zu ein paar dunkle und silberne Wolken verhüllten.

Es fiel mir schwer, unter diesen Umständen an Pipon zu denken. Die Gehsteige strahlten Sex aus, und die Luft war von heißer Sinnlichkeit geschwängert. Mein Kilt und mein Kostüm provozierten Pfiffe und obszöne Bemerkungen, die ich alle verstand – manche waren sehr lustig. Dann bog ich in die Avenida del Monte ein.

Ein Schatten löste sich aus einem dunklen Fleck unter einem Baum. Ich sah das vertraute Buch, das mein Kontaktmann bei sich trug.

»Jock«, sagte er, »fall nicht auf seine alten Tricks herein. Im Brandy nach dem Essen ist eine Betäubungspille. Gieß das Glas aus, wenn du kannst. Ihr werdet auf der Terrasse essen, und neben der Chaiselongue steht ein Topf mit einer Palme.

»Sie sind ja sehr gut informiert«, sagte ich.

»Ja«, erwiderte er. Wenn er ein echter Kubaner war, hatte er bestimmt in den Staaten studiert. »Ihr Koffer ist schon unterwegs zum Flughafen. Gehen Sie schnurstracks dorthin, sobald Sie können. Ein Auto wartet vor dem Tor, das nicht verschlossen sein wird – sobald wir fertig sind. Es könnte eine Auseinandersetzung geben. Er trägt immer eine Pistole bei sich. Passen Sie also auf ...«

Wir flüsterten nur, kaum lauter als die Nachtluft. Er fügte hinzu: »Sie nehmen den Mitternachtsflug nach Paris. Ihr

Ticket liegt am Schalter der Air France. Fragen Sie einfach danach.«

Er streckte die Hand aus. Ich schüttelte sie, und er hielt sie etwas länger fest, als ein Spion es tun sollte. »Ich hoffe, wir begegnen uns eines Tages noch einmal«, flüsterte er, und ich sah seine weißen Zähne funkeln. »Auch ich wüßte gern, was unter diesem Kilt ist.«

»Jederzeit, Mac«, sagte ich.

Er verschwand im Schatten, und ich ging weiter. Mein Herz schlug heftig, und unter den Achselhöhlen war ich naß. Ich holte ein paarmal tief Luft, um mich wieder in den Griff zu bekommen, und es gelang mir. Aber die Gefahr war immer noch zu riechen; sie pumpte Adrenalin in meine Adern und erregte mich ...

Nummer 22 war von einer hohen Mauer mit Stacheldraht auf der Spitze umgeben und von einem eisernen Tor bewacht. Eine Wache sah ich nicht. Ich drückte gegen den Riegel, und das Tor ging auf. Dann ging ich einen gewundenen Weg entlang durch die warme Luft, die nach Jasmin und Gardenien duftete. Der sanfte Abendwind blies ungehindert unter meinen Kilt. Ich fühlte mich so wohl, daß ich wünschte, ich könnte immer so ein Ding tragen.

Aber alles war völlig still – keine Autos, keine Leute, wie man es auf einem großen Empfang erwarten sollte. Jetzt war ich davon überzeugt, daß ich der einzige Gast sein würde. Die vorderen Räume waren hell erleuchtet, und die alte Villa mit ihren weißen Säulen hätte vor dem Bürgerkrieg auch im Süden der Vereinigten Staaten stehen können.

Ich zog an der altmodischen Klingel und hörte weit drinnen im Haus ein Glockenspiel. Dann wartete ich.

Endlich öffnete sich die Tür. Ein gutaussehender, schwarzhaariger junger Mann im weißen Mantel stand vor mir.

»Ich habe das da bekommen«, sagte ich auf Englisch und reichte ihm die weiße Einladungskarte. Er lächelte ein wenig und sah sie gar nicht erst an.

»Señor Fajardo erwartet Sie bereits«, sagte er. Seltsam, daß man das zischende S in jeder Sprache bei Schwulen hört.

Er trat beiseite, um mich einzulassen.

Ein Kristalleuchter, Parkettboden, der wie Topas glitzerte, und barocke Verzierungen überall. Alles war weiß und golden wie die Eingangshalle eines französischen Châteaus aus dem achtzehnten Jahrhundert. Eine Treppe mit rotem Teppich wand sich nach oben zu einer Galerie, die den ganzen Raum umkreiste.

»Würde der Señor mir bitte folgen?« sagte der junge Diener. Unter der engen Hose hatte er einen strammen, festen Hintern – man sah sogar das Gleitmittel in der Spalte. Das Geräusch unserer Schritte auf dem goldenen Holzfußboden hallte im Raum wider.

Er führte mich durch ein Zimmer mit dickem Teppich, einem verzierten großen Klavier aus Rosenholz, Bücherregalen, die mit Lederbänden gefüllt waren, und Tischen, auf denen Kerzenhalter standen. So stellte Hollywood sich aristokratische Eleganz vor. Verdammt, dachte ich, wenn die hohen Tiere der kubanischen Volksrepublik so leben, dann könnte es sich lohnen, die Front zu wechseln!

Der junge Mann blieb an einer der hohen Glastüren stehen und öffnete sie. Sie führte auf eine Terrasse und in die liebliche kubanische Nacht. Auf spanisch sagte er: »Der Señor aus Schottland ist da«. Dann trat er beiseite.

Eine dicke, groteske Gestalt erhob sich von der Chaiselongue. »Willkommen«, sagte er in schwerem Englisch, kam auf mich zu und streckte seine große, fette Pranke aus. »Ich bin Camillo Fajardo.« Er grinste breit.

Sein Spitzname paßte zu ihm – »Bierbauch«. Sein schwerer Hängebauch sackte über den Gürtel seiner Arbeitsuniform, der Standardkleidung des Regimes. Sein Bart war groß, buschig und schwarz wie der seines obersten Chefs. Der Haaransatz war rückläufig, und was von seinem Haar übriggeblieben war, hing dick und fettig wie bei einem Beatnick auf die Schultern.

Ich schüttelte ihm die Hand, die heiß und feucht war, und versuchte, die drei Ringe zu übersehen. Süßes, penetrantes Parfüm schlug mir ins Gesicht. »Ich bin Jock McAndrews.«

Dann schaute ich mich um und tat, als sei ich überrascht. »Ich dachte, hier sei ein Empfang?«

Pipon zuckte mit den Schultern. »Ist es das nicht?« sagte er und lächelte mit schlechten Zähnen. »Ich, Camillo Fajardo, empfange einen Besucher aus Schottland und biete ihm die Gastfreundschaft meines Hauses und unseres Landes. Bitte nehmen Sie Platz!«

Ich zog den Kilt nach vorne, bauschte ihn ein wenig über dem Schoß, so wie ich es gelernt hatte, und setzte mich. Pipon sagte auf spanisch zu dem jungen Mann: »Emilio, laß den Sherry hier und schau nach, ob alles bereit ist. Nach dem Essen bringst du den Brandy; dann hast du frei.«

Er wandte sich wieder an mich. »Ihr Besuch ist mir eine Ehre«, sagte er und versuchte eine leichte Verbeugung, die sein Bauch jedoch verhinderte.

Einen Augenblick lang spürte ich etwas wie Mitleid. Gewiß, ich war hier, um ihn »zum Wohle des Vaterlandes« (was immer das sein mochte) zu betrügen. Aber er war wie ich ... und ist das Band der Homosexualität etwa nicht stärker als alle Klassen- und Standesunterschiede – vielleicht sogar stärker als der Patriotismus? Aber dann siegte meine Vernunft. Ich hatte mich entschlossen. Und zu diesem Mann paßte die Bezeichnung »Verräter« allemal besser als »schwul«. Das momentane Mitleid verflüchtigte sich, und die Wirklichkeit kehrte zurück. Außerdem ... was würden die amerikanischen Truppen mit mir anstellen, wenn sie eines Tages durch Havanna marschierten? Mein Leben war ohnehin schon eine Gratwanderung.

Der junge Mann kam mit hohen, dünnen Sherrygläsern auf einem Tablett zurück, und ich nahm eines. Der Sherry war von der allerbesten Sorte, süß und nussig. Der Terrassenboden glitzerte dunkel, und das weiße Marmorgeländer durchschnitt die warme Nacht. Dahinter sah ich einen parkartigen Garten mit Blumen. Es war eine Nacht für Genießer wie mich.

Pipon redete – manchmal langsam und nach Worten suchend. Der Mann war wirklich intelligent, und er wußte, was außerhalb der kleinen Festung Kuba in der Welt vor sich ging.

Er sprach von Paris, vom Ballet, vom Theater und schließlich vom Film.

»Haben Sie je in einem Film mitgespielt, Señor?« fragte er verschlagen. Seine Frage erinnerte mich abrupt an meine Aufgabe.

»Nein«, sagte ich, »so gut sehe ich nicht aus. Sie scherzen wohl.«

Dann sah ich hinter einem kunstvoll verzierten Wandschirm etwas, was nur die Umrisse einer kleinen Leinwand auf einem Stativ sein konnten, und einen dunkleren Schatten, wahrscheinlich den Projektor. Ich begann ein wenig zu schwitzen. Meine Vorstellung beim Zoll? Ich mußte mir diese verdammte Spule beschaffen, ehe ich ging.

Das Dinner war so elegant wie die Umgebung – kalter Fasan, Sauternes aus Frankreich, ein Salat, Kichererbsen und winzige grüne Bohnen in guter, alter amerikanischer Gelatine mit viel Soße. Und mehr Wein. Er ging geschickt mit dem silbernen Besteck um und redete ununterbrochen. Als wir gespeist hatten, läutete er mit einer kleinen, silbernen Glocke. Emilio kam mit zwei riesigen Brandygläsern, groß wie Tartarenköpfe, und einer Flasche Napoleon.

»Danke, Emilio«, sagte Pipo auf spanisch. »Du kannst jetzt gehen. Sei aber vor Morgengrauen zurück. Und schließ das Tor zu.«

Emilio lächelte, verbeugte sich und ging zurück ins Haus.

Warum sollte ich dem alten Pipo nicht helfen, meinen Drink zu präparieren? Schließlich war ich ein Gentleman. Also stand ich halb auf und sagte: »Äh ... der viele Wein ... würden Sie mich einen Moment entschuldigen?«

»Aber gewiß doch«, sagte Pipon und rief Emilio. »Zeige dem Señor aus Schottland den Weg.«

Emilio wartete lächelnd an der Tür. Er führte mich durch das Zimmer mit dem dicken Teppich und dann die große, gewundene Treppe hinauf. Ich beobachtete das Spiel seiner Muskeln in den Beinen und Hinterbacken, während er mir vorausging. Er war ein süßes lateinamerikanisches Bürschchen.

Das Bad war aus weißem und schwarzem Marmor. Die

Wanne war abgesenkt, die Wasserhähne bestanden aus Gold. Emilio ging vor mir hinein und schloß die Tür hinter sich. Flink sank er auf die Knie, legte einen Arm um meine Oberschenkel und hob mit der anderen Hand meinen Kilt hoch.

»Warte mal, Kleiner«, meinte ich, zu meiner Überraschung im amerikanischen Slang. »Zuerst habe ich eine Kleinigkeit zu erledigen.«

Emilio schüttelte heftig den Kopf. »Nein ... hier!« sagte er und öffnete den Mund.

Tja, über Geschmack läßt sich nicht streiten, sagte die alte Dame, als sie die Kuh küßte. Ich verhalf Emilio zu seinem Glück. Aber dann packte er mich und wollte Ernst machen. Ich zog mich zurück. »Später, mein Junge«, sagte ich. »Später. Ich darf jetzt nicht zu lange wegbleiben.«

Ich hatte das Gefühl, mich von einem Kraken oder Blutegel befreien zu müssen, aber ich schaffte es. Dann strich ich meinen Kilt glatt und öffnete die Tür. Als ich einen Blick zurückwarf, sah ich ihn immer noch enttäuscht auf dem Marmorboden knien. »Die Tür ist offen, und das Gemüse ist zu sehen«, sagen die Franzosen. Die Ware sah lecker aus, und ich bedauerte, sie nicht kosten zu dürfen.

Erwärmt vom Wein und von dem kleinen Erlebnis mit Emilio, aber immer noch Herr meiner selbst, kehrte ich zu Pipon zurück. Er saß in einem Sessel und lehnte sich in die Kissen zurück. Die beiden runden Brandygläser standen neben ihm. Ich nahm an, daß die Pille sich inzwischen in einem von ihnen aufgelöst hatte.

Er deutete auf die Chaiselongue, und ich setzte mich so nahe wie möglich an die rettende Palme, die in ihrem Topf hinter mir stand.

Lächelnd stemmte Pipon seine massige Gestalt hoch und brachte mir eines der enormen Gläser. Ich wölbte die Hand darunter, und nahm den Stiel zwischen die Finger. Das Glas paßte wie die riesige, kalte Brust einer weiblichen Leiche in meine Hand.

»Sie sind der perfekte Gastgeber«, sagte ich, schwenkte den Brandy und lächelte ihn an.

»Auf unsere Freundschaft«, sagte er und hob sein Glas.

Ich lächelte ein wenig schief und führte das Glas an den Mund. Dann schloß ich die Lippen und tat, als trinke ich, und ich schluckte sogar. »Köstlich«, sagte ich und schwenkte das Glas erneut, so daß er nicht sehen konnte, ob ich etwas getrunken hatte. Ich hielt den Brandy an die Nase und atmete tief ein. Der scharfe, würzige Duft drang mir in die Nasenlöcher. Dann öffnete ich die Beine und rutschte ein Stückchen vor, so daß mein Kilt nach oben geschoben wurde. Die Palme stand einen halben Meter von mir entfernt. Ich wollte Pipon ablenken.

Von seinem Platz aus mußte er einen Blick auf das erhaschen, was lang und schwer unter dem Kilt lag. Auf einmal zitterte seine Hand. Er stellte das Glas auf den Tisch, griff in die Tasche und zog ein Taschentuch heraus. Aber ich hatte ihn wohl zu sehr erschüttert; denn er fummelte damit herum und ließ es fallen.

Er bückte sich, und ich leerte rasch meinen Brandy in den Palmentopf. Dann setzte ich das Glas flink an die Lippen und gab vor, es zu leeren. Inzwischen hatte er das Taschentuch über seinen großen, gerundeten Bauch hinweg aufgehoben.

»Och«, sagte ich und schmatzte. »Wirklich ausgezeichnet.«

Pipon wischte sich das schwitzende Gesicht mit dem Taschentuch ab.

Behutsam stellte ich das Glas auf den Boden und lehnte mich wieder zurück. Ich verschränkte die Hände im Nacken und breitete die Beine so weit aus, wie die Chaiselongue es zuließ. Jetzt war ich mir ganz sicher, daß ich entblößt war. Ich spürte die warme Luft unter dem Kilt, der jetzt bis zur Mitte der Oberschenkel hochgeschoben war. Ich gähnte ausgiebig.

»Sooo warm«, sagte ich schläfrig und gähnte wieder. »Soviel ... gutes Essen ... und Wein.« Ich schloß die Augen.

Jetzt oder nie, dachte ich. Ich hörte, wie er sein Glas nahm, geräuschvoll trank und es absetzte. Der Sessel quietschte ein wenig, als er aufstand. Ich ließ den Kopf zur Seite fallen und entspannte mich. Einen Arm ließ ich nach unten gleiten, so daß die Knöchel den kühlen Boden berührten. Ich spürte, daß er nun vor der Chaiselongue kniete. Der rauhe Stoff seiner Uniform streifte meine Fingerspitzen, und seine zitternden Finger schoben den Kilt immer höher hinauf. Er schlug Kilt und Felltasche nach oben und legte sie sacht auf meine Brust. Jetzt war ich dort, worauf es ankam, völlig nackt.

Und dann – Allmächtiger! Ich hatte seinen Bart vergessen! Er war gut und gerne zwanzig Zentimeter lang und buschig, und als er mich zum erstenmal zwischen den Beinen berührte, mußte ich mich schwer zusammenreißen, um nicht hysterisch zu lachen. Es kitzelte, mein Gott, wie das kitzelte! Ich wollte lachen, kichern, kreischen. Ich bekam bis hinauf zu den Schultern und zum Hals und bis hinab zu den Füßen eine Gänsehaut, als er sich mit diesem Attribut eines Teufels über mich beugte. Es war wie Federn und Scheuertuch zugleich, und mitten im Drahtgeflecht öffnete sich eine heiße, feuchte Höhle, die mich mit großem Geschick verschlang.

Allmählich legte sich der fatale Drang, zu lachen und zu zucken. Jetzt dominierte der Draht, der die zarte Haut zwischen meinen Beinen grob und kräftig bürstete. Verdammt, dachte ich – was soll ich noch alles für mein Land tun? Aber dann stellte sich eine andere Empfindung ein: Ich geriet langsam in Erregung. Selbstbeherrschung hat schließlich ihre Grenzen.

Allerdings wußte ich nicht, ob die Droge, die er mir hatte geben wollen, es mir erlaubt hätte, einen Ständer zu bekommen. Wahrscheinlich hätte sie den normalen Lauf der Dinge nicht aufgehalten – er wollte ja seinen Spaß haben. Ob ich mir vielleicht sogar ein leises Stöhnen erlauben durfte?

Auf einmal brach am Marmorgeländer eine weiße Hölle los. Ich sah es durch die geschlossenen Augen. Innerhalb von drei Sekunden mußte ein ganzes Team von Fotografen zwölf- oder vierzehnmal geblitzt haben. Offenbar hatten sie sich im Garten versteckt. Als ich die Augen öffnete, war ich geblendet. Rasch drehte ich den Kopf zur Seite; trotzdem sah ich nur einen roten Kreis vor den Augen, der langsam grün wurde und meinem Blick folgte.

Pipon fauchte vor Wut. Er fummelte an seinem Gürtel herum und suchte seine Pistole. Anscheinend war er ebenfalls blind.

Das war's dann. Ich schaute in seine Richtung und sah den grünen Kreis dort, wo Pipons Schultern hätten sein sollen. Es war leichter, wenn ich ihm nicht ins Gesicht sah. Mit all meiner Kraft versetzte ich ihm einen Karateschlag auf den Adamsapfel unter dem Bart.

Er fiel um wie ein Ochse, faßte sich an den Hals und röchelte. Immer noch erregt, sprang ich auf die Füße. Die Felltasche stand ein gutes Stück von mir ab. Jetzt konnte ich ein wenig besser sehen. Die Fotografen waren verschwunden. Alles war still, abgesehen von den Geräuschen, die der alte Pipon von sich gab, während er sich auf dem Fußboden krümmte. Auf seinen Lippen war Erbrochenes zu sehen.

Ich lief zum Wandschirm, riß die Filmspule aus dem Projektor und raste zur Haustür. Ich lief wie ein Irrer, mit flatterndem Kilt und klopfendem Herzen. Hinter mir glaubte ich alle Legionen Kubas zu hören.

Aber das Tor war geöffnet – aufgebrochen, genauer gesagt –, und das Auto wartete. Und auf dem Flughafen hatte ich keinerlei Ärger. Es gab sogar einen kleine Trost für mich: Marcel war auch auf dem Rückflug der Steward. Und er vollendete, was Emilio und Pipon angefangen hatte. Anschließend vollendete er es noch einmal. Und dann noch einmal.

Das ist alles – bis auf ein paar Kleinigkeiten.

Eine Woche später lag ich morgens nackt auf einem Bett im Hotel Crillon in Paris an der sonnigen Place de la Concorde. Meine Suite war eine der teuersten im teuersten Hotel der Stadt, aber sie kostete mich nichts. Ich hatte gerade einen Artikel im *Figaro* gelesen – über eine Regierungsumbildung in Kuba. Camillo Fajardo habe nach einer Halskrankheit einen Nervenzusammenbruch erlitten und sei in eine Klinik geschickt worden, um sich zu erholen.

Am Morgen hatte ich ein Telegramm bekommen. In gewisser Weise war es die Einzelheit, die mich an meinem Abenteuer am meisten befriedigte. Der Text lautete: »Wollen Sie zum doppelten Gehalt weiter für uns arbeiten? Brent.«

Ich hatte bereits mit einem einzigen Wort geantwortet: »Nein.«

Dann erhob ich mich faul vom Bett und ging zum Fenster. Der Teppich war angenehm weich unter den Füßen. Ich schloß die Fensterläden und zog die Vorhänge zu. Jetzt lag das Zimmer in violettem Dämmerlicht. Dann baute ich den Projektor und die Leinwand auf, die ich gemietet hatte, schaltete das Gerät ein und legte mich ungefähr zum zehnten Mal in dieser Woche auf dem Bett zurück, um wirklich gute hundertfünfzig Meter Film zu genießen. Der Star war ein gutaussehender Schotte, den ich einmal gut gekannt hatte.

DER QUEUE

»Da bin ich wieder«, sagte die junge Stimme am Telefon. Ich unterdrückte ein Stöhnen und schaute hinaus auf das nachmittägliche San Francisco, das zur Abwechslung einmal grau war. Dann zwang ich mich zu einem munteren Plauderton und fragte: »Was bringt dich zurück nach Sodom und Gomorrha?«

»Ich arbeite für einen Mann mit einem Kasperletheater«, sagte Clint. »Wir kommen gerade aus Chicago.«

»Wo wohnst du?«

»Im Hilton«, sagte er stolz. »Die Show ist im Fairmont und die nächste in Oakland.«

»Du kommst ja ganz schön in der Welt herum«, sagte ich. Gut, daß er mit einem anderen zusammen war; dann würde er mich wenigstens nicht mit seinen traurigen, pubertären Scherzen belästigen. »Schön«, sagte ich, »besuch mich doch mal.« Der Kaffee mußte allmählich fertig sein.

Aber er ließ sich nicht so leicht abwimmeln. »Ich hab' gehört, mein Bruder hat hier nach mir gesucht.«

»Stimmt«, sagte ich. »Und er war mit mir im Bett.«

Clint kicherte. »Wie du es schon immer haben wolltest.«

»Klar«, sagte ich. »Er ist wenigstens ein Clubmitglied, das sich nicht wie ein Kartoffelsack flach auf den Rücken legt – wie du und dein anderer Drillingsbruder.«

»Vielleicht habe ich mich geändert«, sagte er.

»Das bezweifle ich.« Ich merkte, daß dieses Gespräch den ganzen Nachmittag dauern konnte. »Hör mal, Clint«, sagte ich. »Ich muß den Kaffe holen. Ruf mich ein andermal wieder an, ja?«

»Klar«, sagte er, und wir hängten ein.

Die Wahrheit ist, daß wir uns alle von Zeit zu Zeit ändern, und wenn unser verrücktes Leben uns zermürbt hat, suchen wir nach Abwechslung. Wonach wir suchen, ist nicht vorauszusehen. Vielleicht wenden wir uns dem S/M-Spiel zu, oder wir werden Fußfetischisten oder interessieren uns für exotische Typen wie Polynesier, Eskimos, Asiaten oder Polizisten. Ich hatte eine Menge durchgemacht, seitdem Clint die Stadt zum letzten Mal verlassen hatte, und zur Zeit hatte ich mich auf etwas verlegt, was mir eine Menge Befriedigung verschaffte: Schwarze, die Ebenbilder Gottes aus Elfenbein, je schwärzer desto besser.

Es war schwer zu sagen, was mir an ihnen so gefiel – ihre fröhliche Hingabe im Bett, ihr Mangel an Reue oder Scham, wenn alles vorüber war, ihre platten afrikanischen Gesichter, ihr Talent beim Sex, die sagenhafte Größe ihres wichtigsten Organs, ihre breiten Schultern und schmalen Hüften und langen Beine, ihr scharfer Geruch, das Gefühl ihres harten, schwarzen Kraushaares (wenn sie es nicht geglättet oder »mit Gas gefüllt« hatten, wie sie es nannten). Wie dem auch sei, in meiner schwarzen Periode erregte mich der Gedanke an einen reglosen Clint, weiß wie Milch, schlacksig und ohne Muskeln, unfähig zu reagieren, egal wie lang man ihn bearbeitete, ungefähr so wie die Aussicht, Erdbeeren mit Schweineschmalz zu essen.

Und die Schwarzen waren zahlreich und willig in San Francisco wie auch in Oakland und Berkeley, wo sie die Weißen sogar an Zahl übertrafen. Und in der »magischen Stadt«, wie wir Einwohner von San Francisco sie nannten, gab es einen Club namens »Bettermen« in der Eddy Street, benannt nach einem General, der viel für die Stadt getan hatte. Es war ein legaler Privatclub mit Tanz nach der Sperrstunde, mit Bier und ein paar Billardtischen im Hinterzimmer. Und er war sozusagen eine gute Quelle, wenn man schwarze und weiße Stricher suchte, die in der Tenderloin arbeiteten. Hier trafen sie sich, um Dampf abzulassen ... und einen Partner fürs Bett zu finden.

Warum also hätte ich mich mit Clint einlassen sollen?

Aber ich hätte wissen müssen, daß ich nicht gewinnen konnte. Der Puppenspieler ging zurück nach Chicago und ließ Clint in San Francisco zurück, und eines frühen Morgens klingelte es an meiner Tür. Verschlafen öffnete ich, und das stand er mit seinem schiefen Grinsen (seine Zähne waren viel schlechter geworden), einem Koffer und einer kleinen Ledertasche mit Reißverschluß, die aussah, als enthalte sie einen wertvollen Geigenbogen.

»Was zum Teufel ...?« fragte ich.

»Darf ich reinkommen?« fragte er mit allem Charme, den er aufbringen konnte (das war meiner Meinung nach nicht viel).

Ich öffnete wortlos die Tür, und er trat ein. »Kann ich ein paar Tage bei dir wohnen?« fragte er. »Ich bin auf der Suche nach einem Job.«

»Habe ich das nicht schon einmal gehört?« knurrte ich.

»Nein, ehrlich«, sagte er. »Diesmal stimmt's wirklich. Habe mich schon bei drei Tankstellen beworben.«

»Humph«, meinte ich.

»Ich habe etwas Geld«, sagte er. »Genug, um mich über Wasser zu halten, bis ich meinen ersten Lohn kriege.«

»*Wenn* du einen kriegst«, brummte ich mürrisch.

»Ich kriege ihn«, sagte er zuversichtlich.

»Na schön«, sagte ich. »Aber es gibt einige Regeln. Du stellst jeden Abend dein Faltbett auf und faltest es morgens wieder zusammen. Dein Essen kaufst du dir selbst. Und sobald du deinen zweiten Lohn bekommst, suchst du dir eine eigene Wohnung. Ich brauche meine Privatsphäre.«

»Du wirst gar nicht merken, daß ich hier bin«, versprach er.

So fing es an. Seltsamerweise bekam er tatsächlich einen Job an einer Tankstelle, schon zwei Tage nach seiner Ankunft. Aber ich merkte sehr wohl, daß er da war, weil er in der Nachtschicht arbeitete, und das bedeutete, daß ich morgens mein Radio nicht einschalten konnte, was ich sonst zuallererst tat, wenn ich aufwachte. Außerdem mußte ich auf Zehenspitzen gehen und durfte nicht mit Tellern klirren. Allerdings bezweifle ich, daß Trompetenschall neben dem Ohr ihn aufgeweckt hätte, denn er schlief den Schlaf der Gerechten.

Er bekam seinen ersten Lohn. »Jetzt kannst du gehen«, forderte ich ihn auf.

Er schaute ein wenig verlegen zu Boden. »Du hast gesagt, wenn ich meinen zweiten Lohn kriege«, sagte er. »Ich hab fast das ganze Geld gebraucht, um meine Uniform und die Wäscherei zu bezahlen. Und ich mußte ein Paar Stiefel kaufen, weil das Zeug meine guten Schuhe ruiniert hat.«

Das stimmte. Die »Stiefel« waren wadenlange Fallschirmspringerschuhe mit langen Schnürsenkeln. Ich konnte die Augen nicht von ihnen lassen. Und Clint kannte meine Schwäche.

»Hübsch, nicht?« fragte er und hielt einen Schuh hoch. Ich nahm ihm das Ding aus der Hand und roch fast unfreiwillig das gute, frische Leder. »Ja«, sagte ich und gab ihm den Schuh zurück. Aber in diesem Augenblick schmolz meine Schale aus Eis ein klein wenig, und das schien er zu merken. Er erfand nämlich ein kleines Spiel: Wenn er morgens von der Arbeit nach Hause kam, öffnete und schloß er leise die Tür. Dann zog er die Schuhe aus – während ich mich schlafend stellte –, kam ins Schlafzimmer und stülpte einen Schuh mit der Öffnung über mein Gesicht. Und dabei lachte er noch.

»Ist es nicht schön, so geweckt zu werden?« fragte er. Es fiel mir schwer, mich über ihn zu ärgern.

Während dieser ersten zwei oder drei Wochen probierten wir einen kleinen Sprung ins Heu, wie wir es früher getan hatten. Viel kam dabei nicht heraus. Es war so unbeweglich, daß ich das Gefühl hatte, an einer Leiche herumzufummeln, und schließlich gaben wir es auf. Manche Leute behaupten ja, Zwillinge hätten nur eine Seele oder jeder von ihnen eine Hälfte. Wenn das stimmte, wie war es dann bei Drillingen? Hatte jeder nur ein Drittel einer Seele? Und wurde auch der Geschlechtstrieb gedrittelt?

Ich glaube, Clint war ein vorzügliches Beweis dafür, daß dieser Volksglaube stimmte. Seine fast unmerklichen Bewegungen im Bett waren genau ein Drittel dessen, was sie hätten sein sollen. Nie zuvor war mir ein derart asexueller Zwanzigjähriger begegnet.

Die seltsame lange Ledertasche enthielt Clints wertvollsten Besitz: einen Billardqueue, wie ihn Profis benutzen. Man konnte ihn in der Mitte auseinanderschrauben, und er hatte sechzig Dollar gekostet, sagte Clint. Das war glaubhaft, denn der Stock war glänzend poliert, phallisch, gerade und stark. Clint spielte oft Billard und wenn man ihm glauben durfte, war er ziemlich gut. »Die Kugeln scheinen zu wissen, wohin sie rollen müssen, wenn ich sie anstoße«, prahlte er. Auch das konnte stimmen, weil er recht gut mit Wetten verdiente.

Hatte ich mich zunächst gegen seine Anwesenheit gesträubt, so gewöhnte ich mich nach und nach daran, daß er da war, wenn ich von der Arbeit nach Hause kam. Wir sind alle einsam, und wir sollten alle verheiratet sein, entweder mit einem Mann oder mit einer Frau oder mit einem Hund.

Aus dem Oktober wurde November, aus diesem Dezember. Das morgendliche Schuhritual ging weiter, und ich entdeckte, daß ich gar nicht still sein mußte – nicht einmal der Wecker neben seinem Ohr weckte ihn auf.

Aber irgend etwas stimmte nicht mit mir. Ich hatte das Gefühl, in der schillerndsten und romantischsten Stadt der USA nicht zur Szene zu gehören. Offenbar hatte ich zu lange in Chicago gelebt und dort zu tiefe Fußstapfen hinterlassen. Dafür gab es nur eine Kur.

»Ich glaube, ich muß nach Chicago zurückgehen«, sagte ich eines Tages zu Clint. »Und zwar in der schlimmsten Jahreszeit – Weihnachten.«

Clint schaute hinaus in den hellen Sonnenschein an diesem Dezembermorgen. Neben der Tür blühten Kamelien, und die Goldfische schwammen träge im Teich zwischen den weißen Seerosen. »Und das alles willst du gegen Schnee und Wind tauschen?«

»Ja«, sagte ich. »Und ich werde Termine beim Zahnarzt und beim Arzt machen und meine Augen untersuchen lassen. Alles um neun Uhr morgens.«

»Wie willst du das je schaffen?« fragte er. »Du kommst sogar um halb elf kaum aus der Falle.«

»Genau das ist der Punkt«, antwortete ich. »Ich will meine doofe Schwäche für diese Stadt abmurksen. Mieses Wetter, Wind, Schnee und Matsch und frühes Aufstehen – das dürfte genügen.«

»Und was soll ich tun?« fragte er. »Ausziehen?«

Ich schlug die Beine übereinander und lehnte mich im Sessel zurück. »Tja«, sagte ich, »schätze, ich lasse dich hier. Du hast mir so viel von deiner Ehrlichkeit erzählt und von deiner guten Erziehung, daß ich dir wohl vertrauen kann.«

»Klar, das kannst du«, versprach er.

»Außer dir würde ich niemanden allein im Haus lassen«, sagte ich.

»Danke.«

»Unter einer Bedingung«, fügte ich hinzu. »Schlepp mir keine deiner Freundinnen an.«

Er verzog schmerzlich das Gesicht. »Selbstverständlich nicht«, sagte er.

Also fuhr ich nach Chicago, und es war genau so schlimm, wie ich gedacht hatte. Ich verstand nicht, warum ich diese Stadt je geliebt hatte. Der Schnee lag dreißig Zentimeter hoch, der Wind heulte, die Temperatur fiel auf achtzehn Grad minus, und ich watete keuchend und prustend zu meinen Vormittagsterminen. Ich zwang mich, zehn Tage zu bleiben; dann rief ich eines Abends Clint an.

»Ich komme morgen zurück«, sagte ich. »Ist alles in Ordnung?«

»Klar«, entgegnete er. »Wie ist das Wetter dort?«

»So wie ich es erwartet habe«, sagte ich verbittert. »Ich bin es satt, dagegen anzukämpfen.

Er lachte. »Hier ist es schön und warm«, sagte er. Dann fügte er hinzu: »Ach, übrigens, ich habe meinen Job gekündigt.«

»Dich hält es nirgendwo lange«, sagte ich. »Was war es diesmal?«

»Mein Chef ließ mich zu hart arbeiten und zahlte mir zu wenig.«

Ich seufzte. »Warum wollt ihr Jungen alle ganz oben anfangen?«

»Das ist doch der beste Platz«, sagte er und lachte wieder.

Am nächsten Tag landete ich auf dem Flughafen von San Francisco. Die neugierigen Blicke der Leute waren mir zwar lästig, aber ich konnte ihnen keinen Vorwurf machen. Ich trug nämlich Stiefel, Mantel und Handschuhe, obwohl es warm und sonnig war. Ich konnte es kaum erwarten, mich zu Hause aus meiner Winterkleidung zu schälen.

Als ich die Tür öffnete, kam mir das Haus seltsam leer vor. Irgendwie spürt man es, wenn niemand da ist. Keine Spur von Clint. Dann sah ich die Notiz, die auf meinem Stuhl lag – mit grünem Bleistift auf die Rückseite eines Briefumschlags gekritzelt: »Ich schäme mich dafür, daß ich so gehe. Ich habe dein Geld aus dem Schlafzimmer genommen und ausgegeben. Irgendwie werde ich es dir zurückschicken und hoffe, wir können Freunde bleiben, obwohl ich es dir nicht übelnehme, wenn du mir nicht traust. In tiefem Bedauern, Clint.«

Ich mußte mich setzen. Der Schock war groß. Ich wußte kaum, was ich tat, als ich meine Winterkleider auszog und ins Schlafzimmer ging. An einem Platz, den ich für ein gutes Versteck gehalten hatte, bewahrte ich gewöhnlich etwa hundert Dollar auf. Bevor ich abgereist war, hatte ich einen Zettel oben auf das Geld gelegt, auf dem stand: »Clint, das Geld ist abgezählt. Benimm dich also.« Tief unter dem Eisberg meines Unterbewußtseins hatte ich ihm offensichtlich nie getraut.

Natürlich hatte er es gefunden. Das Geld war weg, der Schrank leer. Ich überprüfte alles, so schnell ich konnte. Anscheinend hatte sich nichts verändert. Seine Kleider und Stiefel waren nicht mehr da, aber von meinen Sachen fehlte nichts. Wie ein echter Profi hatte er nur genommen, was keine Spuren hinterließ.

Ich war krank. Nicht so sehr wegen des gestohlenen Geldes, sondern weil mein Glaube an Clint total zerstört worden war – und seitdem auch mein Glaube an jeden Menschen.

Als ich das Bad verließ, knackte etwas unter meinen Füßen. Es war eine Haarklammer. Ich suchte den Teppich ab und fand drei weitere. Dann schaute ich auf mein ungemachtes Bett – er hatte darin geschlafen. Schaudernd holte ich neue Bettwäsche und wechselte sie. Während ich die schmutzigen Tücher zusammenfaltete, und sie in den Wäschebeutel hinter der Tür stopfte, sah ich die lange schwarze Ledertasche mit seinem Billardqueue in der Ecke.

Zitternd vor Wut hob ich das verdammte Ding auf und schaute mich um. Einen Augenblick dachte ich daran, den Stock zu zerbrechen, zu verbrennen oder auf andere Weise zu vernichten. Er hatte ihn offenbar vergessen – ganz bestimmt hatte er ihn nicht als Ersatz für das gestohlene Geld zurückgelassen. Ich wog ihn in der Hand, dann warf ich ihn wuchtig hinter die Tür und schloß sie. Aber er sandte immer noch seine Strahlung aus wie ein rätselhaftes, mit Atomkraft angetriebenes Gerät.

Draußen war es dunkel geworden. Ich betrachtete die blinkenden Lichter am Berg, die bis hinunter zur Stadtmitte reichten. Dann duschte ich, rasierte mich, zog meine Stricheruniform an – Levis, Stiefel und Lederjacke – und brach zum Bettermen Club in der City auf.

Ich war immer noch wütend und schmiedete Pläne. Ich hatte die Anschriften mehrerer ehemaliger »Kunden« von ihm, und ich würde ihnen einen Brief schreiben und den ganzen Vorfall schildern. Auch nach Los Angeles, New York, Tampa, Dallas und in andere Städte mußte ich schreiben. Um San Francisco würde ich mich persönlich kümmern. Gerüchte über Betrügereien eines Strichers verbreiteten sich im Untergrund mit Lichtgeschwindigkeit. Ich vermutete, daß er noch nicht weit gekommen war und sich wahrscheinlich in der geilen Tenderloin verirrt hatte.

Der Bettermen Club war schmuddelig wie immer, und der Gips an der Decke hatte Löcher. Allerdings schaute kaum jemand nach oben; die meisten Mitglieder waren zu sehr darauf versessen, den anderen Raubtieren zu lauschen, die an dem L-förmigen Tisch saßen und prahlten. Es war noch früh, und das Lokal war fast leer. Die Combo fing erst um zwei Uhr morgens an zu spielen, und vorher lieferte die Jukebox Tanzmusik. Nur wenige Paare befanden sich auf der Tanzfläche.

Trotzdem ging ich ins Hinterzimmer, wo kleine Tische standen, wo man plaudern konnte. Dort wurde auch Bier serviert, und es gab Billardtische. Auch hier war der Besuch spärlich, denn die Stricher kamen jetzt noch nicht von der Arbeit zurück. Aber die beiden Billardtische waren besetzt, und ich ging rüber und schaute zu.

Dann sah ich ihn. Er war vielleicht einer der attraktivsten Schwarzen, die ich je gesehen hatte, groß und stattlich wie ein afrikanischer Prinz, und so schwarz, daß er im Schatten kaum zu erkennen war. Er hätte einen Turban und um den Hals Juwelen tragen sollen. Er spielte mit einem unauffälligen, kleinen weißen Schwulen mit schulterlangem blondem Haar, der sich wie ein Tölpel anstellte. Mein Herz klopfte laut, ich spürte das vertraute Ziehen, und ich wußte, daß ich diesen Mohren früher oder später haben würde.

Es war faszinierend, ihn zu beobachten. Das Spiel hatte anscheinend erst begonnen, denn er hatte seine Jacke noch an. Sie war irisierend grün und blau und wechselte im künstlichen Licht die Farbe wie die Flügel eines Käfers. Schwarze Dandys liebten solche Anzüge. Er war ein Mann in jeder Hinsicht. Sein Lachen war männlich, seine Schultern waren breit, seine Beine lang. Er machte keinen affektierten Eindruck. Seine Kraushaare waren kurz und lagen dicht am wohlgeformten Kopf. Die Ohren waren klein und pechschwarz, das Gesicht rein afrikanisch mit vollen, dunklen Lippen. Sein Kinn war stark und ein wenig gespalten. Er bewegte sich geschmeidig wie ein Panther um den Tisch herum, und seine langen Finger huschten wie schwarze Schmetterlinge über das grüne Billardtuch.

Im Geiste entkleidete ich ihn und zog ihn so an, wie er sein sollte: nackt bis auf einen glitzernden, goldenen Lendenschurz auf den herrlichen Mitternachtsschenkeln und breiten, goldenen Bändern um den Bizeps. Ich verwarf die Idee mit dem Turban und ersetzte ihn durch eine niedrige Krone aus Reiherfedern. Dann setzte ich ihn mit weit gespreizten Beinen auf einen goldenen Thron. Seine fünfunddreißig Zentimeter langen Füße standen lässig auf den Stufen unter ihm.

Ich atmete aus und murmelte »Scheiße!«. Neben mir stand ein Transsexueller namens Sandy, ein großer, dünner Junge, der immer Mädchenkleider trug und sich Hormonspritzen geben ließ, um sich auf den Tag vorzubereiten, an dem er genügend Geld haben würde, um sich operieren und in eine Frau verwandeln zu lassen.

Sandy hörte mich. »Was ist scheiße?« fragte sie.

»Wer ist der Bursche im blaugrünen Anzug?« erkundigte ich mich.

»Das ist Jimmy«, sagte sie. »Seinen Nachnamen kenne ich nicht.«

»Er spielt wirklich gut.«

»Er ist der Beste hier«, sagte Sandy. »Er ist hetero – sagt er wenigstens.«

»Hast du was mit ihm gehabt?«

Sandy zog eine leichte Grimasse. »Ich bin verheiratet. Aber ich hätte nichts dagegen!«

»Er hat das mysteriöse Flair eines echten Mannes«, sagte ich.

»Willst du ihn kennenlernen?« fragte Sandy. »Wenn das Spiel zu Ende ist, stelle ich dich ihm vor.

Natürlich gewann Jimmy. Der blasse weiße Schwule stampfte mit dem Fuß auf, warf sein blondes Haar zurück und bewegte seinen dicken kleinen Arsch zum Cola-Automaten.

Sandy rief Jimmy an den Tisch, an dem ich saß, und stellte uns einander vor. Sein Händedruck war fest, die Handfläche feucht vom Spiel.

»Ich lasse euch zwei Süßen alleine«, sagte Sandy und grinste nur ein ganz klein wenig anzüglich.

»Danke, Sandy«, sagte ich. »Ich werde tanzen, wenn du operiert wirst.«

»Mann«, sagte Jimmy und schaute ihr nach, »worum geht es eigentlich?«

Ich zuckte mit den Schultern. »Nicht so wichtig.« Dann änderte ich das Thema. »Du bist ja ein Zauberer«, stellte ich fest und nickte zum Billardtisch hinüber. »Der beste, den ich je gesehen habe.«

»Danke«, sagte er kurz.

»Du gehst mit dem Queue um wie ein Profi«, meinte ich. »Spielst du oft?«

Er lachte. »Ich bin ein Stricher, Mann. »Genauer gesagt, ein Billard-Stricher.«

»Du bist hetero?«

»Ja.«

»Sogar, wenn's um zwanzig Mäuse geht?«

Er lächelte. »Ich fahre einfach nicht auf diesem Dampfer«, sagte er. »Zu viele Muschis hier.« Aber dann schien er nachzudenken. Er kam ein wenig näher und preßte seine edlen Teile an meine Hand, mit der ich mich an der Tischkante abstützte. »Aber du darfst fühlen«, sagte er grinsend, »was dir entgeht.«

Mir entging eine Menge. Dann hatte ich eine Idee. »Hast du einen eigenen Stock?« fragte ich.

»Nein, Mann. Kann ich mir nicht leisten.«

»Na, dann sag ich dir was. Jemand hat einen Sechzig-Dollar-Stock bei mir zu Hause liegen lassen. Mit Ledertasche und allem. Ich will das Ding nicht haben. Würde es gerne jemandem geben – aber du bist ja leider hetero.«

Er packte mich hart an den Oberarmen. »Machst du Witze, Mann?« sagte er und schüttelte mich ein wenig.

»Nein, gar nicht.«

Seine Augen funkelten im Schatten. »Ist er in gutem Zustand?«

»Könnte ein wenig Lack vertragen, das ist alles«, sagte ich. »Aber ich schenke ihn lieber einem Clubmitglied.«

Er verstärkte seinen Griff. »Hör zu«, sagte er. »So etwas wünsche ich mir seit langem. Du würdest ihn mir geben, wenn wir miteinander ...?«

Ich nickte.

»Wie oft?«

»Für diesen Handel nur einmal«, versicherte ich. »Aber man soll die Hoffnung nie aufgeben, stimmt's?«

Er lachte, und seine Zähne blendeten meine Augen. »Worauf warten wir noch?« fragte er. »Hast du 'nen fahrbaren Untersatz?«

»Sozusagen. Einen VW.«

»Wohnst du weit weg?«

»Draußen am Golden Gate Park«, sagte ich.

Er ließ einen meiner Arme los, hielt aber den anderen fest und steuerte mich an den tanzenden Paaren und der Theke vorbei. Eddie, der das Lokal führte, schaute auf.

»Das ist der kürzeste Besuch, mit dem du uns seit langem beehrt hast«, sagte er mit anzüglichem Grinsen.

Ich nickte, während Jimmy mich zur Tür zog. »Gewußt, wie!« sagte ich über die Schulter.

Eddie winkte mir. Ich löste mich aus Jimmys Griff und beugte den Kopf, um zu hören, was Eddie sagen wollte. »Du bist der einzige, der je mit ihm hier rausgegangen ist«, flüsterte er. »Was ist dein Geheimnis?«

Ich lächelte. »Oh«, sagte ich, »das ist ein alter Voodoo-Trick. Hab' ihn in Haiti gelernt. Eines Tages zeige ich ihn dir.«

Dann gingen Jimmy und ich hinaus in den Lärm und in die Trunkenheit und in den köstlichen Benzingeruch der Tenderloin.

Vielleicht, dachte ich, war ich ein wenig voreilig gewesen, als ich Clint verflucht hatte. Ich habe nur ganz selten soviel für sechzig Dollar bekommen, vor allem wenn man den Betrag durch fast zwanzig Wochen teilt. Alle meine Freunde in San Francisco finden es seltsam, daß ich immer beschäftigt bin, wenn sie mich am Sonntagabend besuchen wollen.

Aber noch seltsamer finden sie es, daß ich mich auf einmal so sehr für Billard interessiere. Schließlich bin ich nicht gerade als Sportler bekannt.

Jimmy ist mein Lehrer, jeden Sonntag. Ich habe nie jemanden getroffen, der so gut wie er mit einem Stock umgehen kann.

ANATOMIE EINES FIASKOS

Die Wut, die ich nach dem abendlichen Fiasko empfand, hatte sich noch nicht gelegt, als ich wieder in meinem Unterschlupf in Berkeley war. Es ist dumm, gegen Möbel oder Türen zu treten; aber ich versetzte dem Gartentor einen Tritt, daß die Zaunpfähle wackelten und der Hund der Nachbarn zu bellen anfing.

Aber es war alles meine Schuld. Ich hatte einen Kunden im Hilton, und alles schien in bester Ordnung zu sein. Er war etwas älter – weißes Haar, sehr distinguiert – und wohnte in einer großen, eleganten Suite. Wir hatten uns auf der Straße getroffen. Er warf mir einen Blick zu, ich legte scheinbar unbewußt eine Hand auf mein bestes Stück, wir wechselten ein paar Worte, und er gab mir seine Zimmernummer, bevor er ging. Ich segelte durch die Lobby, in der meine Lederjacke und die Levis nicht mehr auffielen als die schäbig aussehenden Touristen, die sich am Schalter versammelt hatten, um sich anzumelden.

»Möchten Sie einen Drink?« fragte er mit einer kultivierten, aber nicht unmännlichen Stimme.

»Klar«, antwortete ich.

»Sie sehen aus wie ein Bourbonmann«, sagte er.

»Stimmt genau«, bestätigte ich. Und damit er nicht glaubte, ich imitiere seinen leicht britischen Akzent, fügte ich hinzu: »Das ist okay – nur 'n bißchen Wasser.«

Er ging an die Bar. Ich sah einen Band mit Firbanks gesammelten Werken auf dem Nachttisch liegen. »Mann«, sagte ich. »Ist schon verdammt lang her, daß ich *Cardinal Pirelli* gelesen habe.«

Eins seltsamer Ausdruck huschte über sein Gesicht. Behutsam stellte er den Bourbon auf den Tisch neben dem Buch.

»Sie kennen Firbanks Werke?« frage er und erstickte das letzte Wort auf halbem Weg.

»Sicher.«

Ich schätze, ein Dramaturg hätte jetzt eine bedeutungsvolle Pause verordnet.

»Tut mir leid«, sagte er. »Sie haben das Bild verdorben. Ich hatte gehofft ...«

Ich merkte, was passiert war. »Nein – mir tut es leid«, sagte ich und sah meine fünfzig Dollar aus dem Fenster flattern.,

Er schauten auf den Teppich hinab. »Ich nehme an, Sie verstehen.«

»Klar doch«, sagte ich und imitierte diesmal absichtlich seinen Akzent. »Nächstes Mal bin ich schlauer.«

Das war's dann. Alles im Eimer. Kommt davon, wenn man angibt, dachte ich. Aber ich hatte mir einfach nichts dabei gedacht. Er wollte einen rauhen Burschen, keinen Leser von Firbank. Ich hatte einen Fehler gemacht.

Griechen sollten nicht trinken, wenn sie wütend sind. Sie erinnern sich dann nämlich an Achilles, dem ein Pfeil in die Ferse drang, und an Donnerkeile und Katapulte und an die Axt des Hephaistos, die Zeus den Kopf spaltete. Aber ich wollte den Bourbon haben, den Mademoiselle Firbank mir vorenthalten hatte. Also hielt ich auf dem Weg nach Hause an einer schmuddeligen kleinen Bar namens W & T, die man im Laufe der Jahre »Waschlappen & Tunten«, »wacklig rein & tot raus« und vieles andere genannt hatte.

Das Licht war trübe, und es waren nur zwei Leute da. Der Barkeeper mit den Zahnlücken rieb ein Glas trocken. Ein Gast war dick und fünfzig und saß neben der Tür. Der andere ... *verdammt!* Er war ungefähr so groß wie ich, etwa einsdreiundachzig, und saß aufrecht auf einem Barhocker. Einen Knöchel hatte er über dem Knie gekreuzt. Er trug Stiefel und Jeans wie ich – echtes Zeug, nicht vom Designer – und ein T-Shirt. Der klare Blick seiner Augen brachte die große Ader in meinem Hals zum Klopfen.

Offensichtlich war er Italiener. Sie Haar war schwarz mit einem Anflug von Kupfer – oder erzeugte das rosa Licht von oben diese Schattierung? Seine Oberschenkel sahen aus, als hätte Praxiteles sie modelliert, und mit seinem Brustkorb hätte er Daidalos auf seinem Flug begleiten können. Ich hielt nach Flügeln Ausschau – er hatte keine. Das Gesicht war klar geschnitten und klassisch: gerade Nase, gerade, schwarze Augenbrauen, die sich in der Mitte beinahe trafen. Er hatte hohe Wangenknochen, unter denen ein leichter blauer Schatten erkennbar war; ich wußte nicht, ob der Bart oder die Höhlen des prachtvollen Schädels ihn verursachten.

Er lächelte ein wenig süffisant, als er sich nach mir umdrehte.

Ich ließ mich auf den Stuhl neben ihm fallen. »Wie läuft's denn so?« fragte ich.

Er grinste. »Ganz gut«, sagte er. »Was hat dir die Laune verdorben?«

»Sieht man mir das an?«

»Klar und deutlich.«

»Ach ... ein Freier hat mich abblitzen lassen.«

Er hob eine Augenbraue. »Du bist Stricher?«

»Ja.«

»Ich auch.« Er streckte seine große Hand aus, und ich schüttelte sie. »Ich heiße Prospero«, sagte er.

O Gott, dachte ich, nicht schon wieder! Ich nahm einen Schluck Bourbon und sagte beiläufig: »Der Name kommt mir irgendwie bekannt vor.«

»Ja«, sagte er. »Er stammt aus einem alten Theaterstück. Ich glaube es heißt Sommertraum oder so ähnlich.«

Ich atmete langsam aus und dachte an Unwetter und Sturmfluten. Der Mann würde mich bestimmt nicht wegen meiner literarischen Kenntnisse abweisen. »Ja«, entgegnete ich, »ich hab' in der Schule davon gehört.«

»Die meisten Leute nennen mich Pross«, fügte er grinsend hinzu. »Aber ich prosperiere eigentlich nicht besonders.«

Ich wedelte mit der Hand. »Es ist eben mal so, mal so. Ich bin Phil Andros.«

Aus irgendeinem Grund schüttelten wir uns noch einmal die Hände, und meine Haut prickelte. Sein Magnetismus war schier überwältigend. Eines wußte ich genau: Ich wollte mit Prospero ins Bett gehen. Seine dynamische Anziehungskraft war unwiderstehlich. Ich betrachtete sein Gesicht, seine herrlichen Arme, seine schmale Hüfte ... Mann, dachte ich, der Bursche könnte ein toller Dominus sein, nur mal zur Abwechslung. Was ging in den dunklen Abgründen meines Hirns vor? Entweder hatte ich nicht genug X-Chromosomen oder zu wenig Y-Chromosomen. Etwas war jedenfalls mit mir geschehen, denn mein Prachtstück regte sich in seinem warmen, engen Nest und entfaltete sich ein wenig. Ich langte nach unten und zupfte die Hose zurecht. Er sah es und lächelte.

»Hast du heute abend was vor?« fragte ich.

Er schaute in sein Glas, schwenkte es und antwortete: »Ja, ich warte auf einen Kunden.«

»Oh«, meinte ich enttäuscht.

»Aber hör mal«, fügte er hinzu. »Wie wär's mit morgen? Um die gleiche Zeit?«

»Okay«, sagte ich. »Ich wohne nur ein paar Straßen weiter.«

Wir tauschten die Telefonnummern aus, und ich gab ihm meine Adresse.

»Dann bis morgen«, sagte er.

Ich ging mit klopfendem Herzen und kurzem Atem, und ich schwitzte stärker, als die Temperatur es verlangte. Trotzdem gab ich dem Gartentor zwei Fußtritte und knallte es hinter mir zu. Und später, im Bett, besuchte ich die alte Frau Hand mit ihren fünf Töchtern. Noch jemand war dabei, aber ich verrate nicht, wer.

Wir trafen uns am nächsten Abend in derselben schäbigen Bar und tranken ein paar Bierchen. Dann gingen wir zu mir nach Hause. Es wäre interessant gewesen, wenn uns eine Filmkamera gefolgt wäre und festgehalten hätte, wer von uns am unverblümtesten mit seinen Eroberungen – Männern und Frauen – prahlte. Pross schien die Frauen zu bevorzugen. Er war mit einer verheiratet und von einer anderen geschieden und hatte beiden ein Kind gemacht. Aber ich übertrumpfte ihn und behauptete, ich hätte drei Kinder – »und Gott allein weiß, wie viele Bastarde in Ohio und Illinois herumlaufen«. Um die Wahrheit zu sagen, schon ein einziger Sprößling wäre ein Wunder erster Ordnung gewesen.

»Was machst du gern im Bett?« fragte ich, nachdem ich die Haustür geschlossen hatte.

»Er machte eine vage Geste mit der Hand. »Alles«, antwortete er. »Aber du weiß ja, wie wir Italiener sind – ich werde dich ficken.«

»Nie im Leben«, sagte ich und machte die gleiche Geste.

»Entweder ich schiebe ihn bei dir rein, oder du kriegst mich nicht«, beharrte er und runzelte ein wenig die Stirn.

»Na, überleg dir's noch mal«, sagte ich. Du eingebildeter Hundesohn, dachte ich. Aber ich hielt den Mund, weil er in diesem Augenblick das T-Shirt auszog und sein Oberkörper jeden Protest im Keim erstickte.

Er hatte die Haut eines »weißen« Mittelmeeranwohners, sanft und glatt und fast glänzend, nicht die dunkle Farbe, die vielen Italienern eigen ist. Die Nippel glitzerten wie kleine Granate in einer dunkelbraunen Areola. Sein Bauch war straff, und das starke Band, das sich zu den Lenden hinunter zieht, zeichnete sich deutlich ab, jäh abgeschnitten vom Gürtel. Unter der linken Brustwarze war das Wort »Prospero« in einem hübschen, schwungvollen Bogen eintätowiert. Mein Mund machte seltsame Bewegungen, als koste er eine exotische Frucht.

»Geh duschen«, forderte er mich auf.

»Erst will ich zusehen, wie du dich ausziehst«, entgegnete ich.

Er grinste anzüglich. »Oho!« machte er.

»Wenn der Rest von dir so gut ist wie die obere Hälfte«, sagte ich und bohrte mit der Zunge in der Wange, »hast du vielleicht gewonnen.«

»Schon besser«, sagte er ein wenig selbstgefällig.

Ich hatte fast das Gefühl, als stünde er in einem magischen Kreis, während er bedächtig ein Ritual eigener Art zelebrierte. Im Knien löste er die Senkel seiner Stiefel; dann warf er mir den Blick eines Eroberers zu und zog sie von den Füßen.

Langsam öffnete er den Gürtel und knöpfte mit seinen großen, kräftigen Fingern den Hosenschlitz auf – da war kein blöder Reißverschluß. Während er auf einem Bein balancierte, streifte er die enge Jeans vom anderen Bein.

Er trug keine Unterwäsche. Zeig mir einen Stricher, der Unterwäsche anhat, und ich zeige dir jemanden, der sich seiner selbst nicht sicher ist.

Ich stieß einen lauten Pfiff aus. »Verdammt«, sagte ich und musterte seine Oberschenkel, die mit schwarzen Haaren bedeckt waren, und den Vater allen Übels, der zwischen den Beinen baumelte, schwer vom Blut, das er geschluckt hatte. Die Eichel sah beinahe purpurrot aus. Jeder Muskel seiner Beine trat im seitlichen Licht der Lampe deutlich hervor.

»Verdammt!« wiederholte ich mit trockenem Mund. »Du siehst aus wie Adonis. Oder wie Apollon.«

Er sah mich an. »Ich kannte mal einen Kerl namens Apollon«, sagte er. »Ein kleiner Zuhälter.« Dann runzelte er erneut die Stirn. »Los, geh jetzt duschen!«

Seltsamerweise machte es mir gar nichts aus, ihm zu gehorchen. Als ich zurückkam, war er nicht im Wohnzimmer. Ich schaute ins Schlafzimmer. Er hatte die Decke weggezogen und lag auf dem Laken. Die Hände hatte er im Nacken verschränkt. Die Haare in seinen Achselhöhlen und das Dreieck in seinem Schoß schimmerten dunkelblau im trüben Nachtlicht.

Er streckte sich wie ein schwarzer Panther oder eine andere große, sinnliche Katze. »Weißt du, was mir Spaß machen würde?« fragte er und hob plötzlich einen Ellbogen.

Ich wußte nicht einmal, was in mir vorging. Ich war ein Macho-Stricher, der selten jemanden küßte und sich normalerweise bezahlen ließ. Jetzt spürte ich auf einmal, wie meine Y-Chromosomen tanzten und aktiv wurden. Als ich das Licht der Welt erblickte, war ich mit Sicherheit hetero; aber tausend Betten später begann ich zu zweifeln, und nach weiteren tausend verspürte ich Gelüste, die ich nie zuvor verspürt hatte. Ich hatte mich ein halbes Dutzend Mal in Männer »verliebt« und konnte sie alle aufzählen; doch nun war ich anscheinend trunken von einer Figur Shakespeares und wünschte mir verzweifelt, seine Befehle zu befolgen, solange er seinen Zauberstab schwang.

»Ich hab' dich was gefragt«, sagte er. »Weißt du, worauf ich Lust hätte?«

Ich schüttelte den Kopf, da ich immer noch nicht sprechen konnte.

»Auf ein Zehenbad«, sagte er und streckte sich wieder wie eine Katze. »Also, warum fängst du nicht einfach an, Kumpel?«

Ich tat es. Selbst seine Füße waren schön – hoher Spann, lange Zehen, wobei die zweite Zehe länger war als die erste. Ich hatte mir schon oft die Zehen lecken lassen, aber dies war erst das zweite Mal, daß ich mich vor einem anderen verbeugte.

Die Haut war ein wenig feucht von der Wollsocke, die er getragen hatte, und sie duftete sauber und frisch wie eben umgegrabener Boden. Als ich die erste Zehe – die große – in den Mund nahm, kam sie mir riesig wie ein Schwanz vor. Ich wandte alle Tricks an, die ich kennengelernt hatte, zum Beispiel von Karl im Schuhgeschäft in San Francisco.

Ich spitzte die Zunge, machte sie locker und weich und umkreiste jede Zehe in Form einer Acht. Er stöhnte ein bißchen und drehte den Kopf auf dem Kissen hin und her. Dann legte er eine Hand auf die Eier, die vom voll aufgerichteten Schwanz überragt wurden. Noch ein Tropfen Blut, und er würde platzen. Ich griff nach oben und packte ihn – er pulsierte in meiner Hand.

Er seufzte. »Kumpel«, sagte er, »du bist okay. Aber jetzt ficke ich dich. Steh auf und streck deinen Arsch über die Bettkante.«

Ich tat es und fragte mich, ob er wußte, wie man das Tor öffnet. Er legte einen Finger in die Spalte, und ich spürte die kühle Handcreme aus der Dose, die immer bereit stand. Dann hörte ich ein leises Knistern, als er sich den Schwanz einschmierte.

Schon bei der ersten Berührung zuckte ich zusammen. Er

fuhr mit der Eichel die Spalte entlang, klopfte hier und da an, und kehrte wieder zum Himmelstor zurück. Alle meine Zweifel lösten sich auf. Er wußte tatsächlich, wie man's macht!

Dann spürte ich, wie er langsam eindrang, Zentimeter um Zentimeter. Es tat überhaupt nicht weh. Der Weg war offen und bereit.

Ein derart intensives Erlebnis hatte ich vielleicht zweimal im Leben gehabt, einmal in Rom und einmal in Frankreich. Es war, als habe mein ganzes Ich samt Seele und Anhang sich in meinen Arsch zurückgezogen und als steige jemand die goldenen Stufen zum Himmel hinauf. Seltsam ... ich dachte an den jungen Schotten in Rom, der mir von seinem Partner erzählte: »Und wenn er drin ist und dich auf den Rücken dreht, so daß du auf ihm liegst, und wenn du hinauf zu den Sternen schaust und das Heidekraut riechst, dann weißt du, daß du im Himmel bist!«

Es duftete zwar nicht nach Heidekraut, aber die Sterne, die ich trotz meiner fest geschlossenen Lider sah, während ich das Gesicht aufs Bett preßte, waren echt genug.

Er war ein Könner. Mit kreisförmigen Bewegungen berührte er jeden Winkel. Er schwang die Hüften, beugte die Knie und wechselte zwischen tiefen Stößen und kurzen Stupsern ans Tor ab. Manchmal packte er mich an den Hüften und pumpte langsam und sanft wie Ariel; ein andermal waren seine Stöße hart und tief, und ich spürte die rauhen Haare am Arsch. Dann steigerte er das Tempo. Er atmete schneller und schwerer, und plötzlich explodierte er mehrere Male in mir. Dann wurde er langsamer und kicherte leise.

Ich hatte mich ihm angeschlossen, genau in dem Augenblick, als ich blendende Sterne gesehen hatte. Jetzt japste ich nach Luft und fühlte mich glitschig auf dem Bettuch. Prospero hatte mehr als einen Zauberstab, der die Elemente zähmte. Er hatte einen, der mich zähmen konnte.

Jeder hat seine Geheimnisse, manche groß, manche klein, Erinnerungen an peinliches Versagen, an allerlei Sünden in betrunkenem (oder nüchternem) Zustand, an törichte geschäftliche Entscheidungen, an Liebe oder alltägliche Dinge.

Der eine versteckt seine Glatze unter einem Toupet, der andere spricht nie über seine dritten Zähne. Manche Franzosen tragen einen »Faszinator«, eine lange, weiche Gummiröhre hinter dem Hosenschlitz. Es kann sein, daß ein Hoden aus Plastik ist. Das alles sind unsere und nur unsere Geheimnisse.

Meine Begegnungen mit Prospero jeden Donnerstag waren das Geheimnis, das ich vor der Welt verbarg. Sechs Tage lang spielte ich den Macho – selbstsicher, immer verfügbar, ohne feminine Gestik, frei von Zurückhaltung und Unsicherheit, mit sorgfältig berechnetem, stolzem Gang und kühlem, aber einladendem Blick. Ich verkaufte etwas: mich selbst, meinen Körper, meinen Schwanz, und es machte mir sogar Spaß. Aber in dieser einen Nacht schaute ich mißbilligend und doch mit echter Lust zu, wie die Fassade bröckelte und sich auflöste. An sechs Tagen Dominus, an einem Tag Servus – die Proportion störte mich, aber ich konnte sie ertragen, weil das, was mein Hengst mir bot, meine Unruhe mehr als wettmachte.

So ging es etliche Wochen. Dann kam ein ganz besonderer Abend. Wir waren beide high, und dieser Abend begann spät – so gegen Mitternacht – und dauerte bis zur Morgendämmerung. Ich kann mich nicht an alle Einzelheiten erinnern, aber das Bett war ganz schön zerwühlt. Wir kicherten und verwickelten Arme und Beine ineinander; unsere Lippen waren hier und dort und überall, und immer spürte ich sein pulsierendes, forderndes Fleisch, das den Eingang suchte und fand – einmal, zweimal ... ein halbes Dutzend Mal, bis das Fenster sich allmählich in ein schimmerndes Quadrat verwandelte. Und als die siebente Stunde schlug, konnte er nicht mehr. Nichts mehr vermochte seinen Schwanz zum Leben zu erwecken.

»Verdammt nochmal«, fluchte er leise, und seine rechte Hand gab ihre Bemühungen auf. »Mir tut schon der Arm weh. Schätze, es ist vorbei.«

Ich schaute zur Decke, die sich langsam über meinem Kopf zu drehen schien. Auch ich war erschöpft und hatte ein brandneues Zentrum des Bewußtseins, das mich noch lange an diese Nacht auf Stroh und Rosen erinnerte.

»Mit mir ist es auch vorbei«, sagte ich. »Vielleicht ist es Zeit für ein Schläfchen.«

Plötzlich stützte er sich auf einen Ellbogen. »Noch nicht«, meinte er. »So leicht gibt ein Italiener nicht auf.«

Sein Gesicht war meinem nahe. Wir hatten uns nie geküßt, aber in diesem Augenblick spürte ich das überwältigende Verlangen, ihn zu küssen. Ich machte eine einleitende Bewegung mit dem Arm, aber er hielt mich zurück.

»Weißt du was?« sagte er, legte sich wieder lang hin und haute mich grob auf die Schulter. »Du nimmst mich zwischen die Beine und steckst ihn mir in den Mund. Davon kriege ich immer 'nen Ständer.«

Zuerst dachte ich, ich hätte mich verhört. Dann spulte mein Gehirn den Text noch einmal ab.

»*Was?*« sagte ich schroff.

»Du hast doch gehört«, sagte er. »Klettere rauf, und steck ihn mir in den Mund.«

Auf einmal verschwand das rosige Dämmerlicht im Zimmer. Der schimmernde Nebel löste sich auf. Einen Moment lag ich still und betrachtete den Riß im Deckengips (die Folge eines Erdbebens) und den Staub auf dem Fenstersims.

»Bist du sicher, daß du das willst?« fragte ich nach einer Weile.

»Klar«, sagte er grinsend. »Ich bin vielseitig.«

Ich kann mich nicht daran erinnern, daß ich auf ihn geklettert bin. Aber bald spürte ich, daß mein Schwanz in einer heißen Höhle steckte und daß Lippen sich bis zu meinen Schamhaaren bewegten. Der Sog war so stark, daß ich dicht an sein Gesicht gezogen wurde. Ich sah dunkelrote Lippen, die den Schaft umringten, und spürte, wie sein Unterarm sich zwischen meinen Beinen bewegte, während er wichste.

Abrupt stieß er mich zurück. »Jetzt bin ich bereit für die nächste Runde«, sagte er lachend.

Ich stellte einen Fuß auf den Boden neben das Bett und schwang den anderen über seinen Körper. »Also, ich bin's nicht«, sagte ich, »ich bin total erledigt.«

»Ach, komm schon. Jetzt ist er wieder schön hart.«

»Nee«, sagte ich. Jetzt stand ich neben dem Bett.

»Dann blas mich«, sagte er und wackelte mit dem Schwanz.

»Jetzt nicht«, sagte ich. Ich schwitzte. Die Achselhöhlen und Lenden waren naß von heimlichen Tränen.

»Dann hol mir einen runter«, sagte er.

»Tu's selbst«, sagte ich. »Ich wasche mich jetzt.«

Im Bad drehte ich den Wasserhahn auf und setzte mich. Erst jetzt spürte ich die Reaktion. Ich begann zu zittern und legte das Gesicht kurz auf das Waschbecken. Es war kühl.

Plötzlich wußte ich genau, wie dem Mann im Hilton zumute gewesen war. Das Bild hatte Risse bekommen, ein Traum war zu Ende. Ich dachte an alles, wozu Prospero mich überredet hatte, und ich dachte an Poe: »Die tausend Wunden Fortunatos hatte ich erduldet, so gut ich konnte; doch als er es wagte ...« Nun ja, ich fühlte mich weder beleidigt, noch dürstete ich nach Rache. Aber mein ganzes Leben und vor allem die letzten Wochen mit Prospero waren in grelles Licht getaucht, in dem alles schmuddelig und absurd aussah.

Einige Augenblicke später hörte ich die Federn krachen, als er aus dem Bett kletterte. Er zog sich an und kam ins Bad.

»Puh«, sagte er, »was für eine Nacht!«

»Ja«, sagte ich, während ich mir die Hände abtrocknete und mich sorgsam hinter dem Handtuch verbarg. Die Fliesen fühlten sich kalt unter meinen Füßen an.

»Na dann, vielen Dank, alter Kumpel«, sagte er und streckte die Hand aus. »Wir sehen uns nächste Woche.«

Seine Hand war heiß und fest. Ich schüttelte sie.

Ich sah ihn nie wieder.

AUF ANDROS ISLAND

Manchmal hat eine Laune weitreichende Folgen – im wörtlichen Sinne.

Alles fing damit an, daß ich vorigen Sommer in San Francisco am Union Square entlang schlenderte. Etwas im Fenster eines Reisebüros fesselte mein Auge – und ich erstarrte. Zwischen Farbfotos von Korallen, weiten weißen Stränden und türkisfarbenem Wasser pries ein Schild die Schönheit der Bahamas an, und daneben stand: »Besuchen Sie Andros.«

Da ich griechischer Herkunft bin, wußte ich natürlich, daß es in der Ägäis eine Insel namens Andros gibt, bekannt für ihre Seide, ihren Wein und ihre Zitronen. Aber ich hatte keine Ahnung gehabt, daß eine der Bahamas den gleichen Namen trug. Plötzlich reizte mich der Gedanke, als Andros Andros zu besuchen, und zwar aus mehreren Gründen.

Erstens litt ich in diesem Sommer in San Francisco an einer Art Weltschmerz. Meine Seele fühlte sich beschmutzt von perligem Samen und verfärbt von altem Speichel oder Schlimmerem. Zweitens war es ein kalter Sommer. Jemand hat einmal gesagt, der kälteste Winter seines Lebens sei ein Sommer in San Francisco gewesen, und in diesem Jahr war ich geneigt, ihm zuzustimmen. Man konnte nicht ohne Hemd unter der Lederjacke herumlaufen wie in Los Angeles und ohne Jacke schon gar nicht. Rollkragenpullover waren angesagt, und das poliert das Image eines Strichers nicht gerade auf.

Also machte ich mich auf die Socken. Ich packte einen Koffer, steckte den Reisepaß ein, schloß mein Häuschen, schaltete die Alarmanlage ein, spreizte die Flugzeugflügel und flog nach Miami, von dort nach Nassau und dann weiter nach Andros

Town. Dort fuhr ich mit dem Taxi (Mann, was für Preise!) ans Südende von Andros Island. Ich stieg im Hotel Las Palmas an der Ostküste ab.

Im rustikalen »Büro« meldete ich mich an. Die Hitze war allgegenwärtig; ich spürte sie am ganzen Körper wie einen warmen Geliebten. Nach der Kälte Kaliforniens war es ein herrliches Gefühl. Das »Hotel« war eine Ansammlung von niedrigen Bungalows, die man um ein großes Schwimmbecken oberhalb eines Privatstrandes herum gebaut hatte. Die Sonne und die Farben taten bereits meinen Augen weh, und ich mußte die dunkle Brille aufsetzen, bevor ich den Himmel und das Wasser betrachten konnte. Im Garten wuchsen hohe Kokospalmen.

»Möchten Sie ein Standardzimmer oder die gehobene Ausführung?« fragte der Portier. Seine Stimme zischte ein wenig – ein eindeutiger Hinweis. Er war braungebrannt und seine Haut sah alt und trocken aus. Ich schätzte ihn auf ungefähr achtundzwanzig. Die Sonne ist eine unbarmherzige Geliebte in den Tropen; sie macht vorzeitig alt. Mir war nicht klar, ob er Brite oder Amerikaner war.

»Das gehobene«, antwortete ich kühn. Als er mir den Preis nannte, runzelte ich ein wenig die Stirn – aber zum Teufel damit. Ich reichte ihm meinen Paß, und er reagierte wie der Angestellte der Fluggesellschaft in Miami.

»Mein Gott!« rief er. »Andros!«

»Stimmt«, entgegnete ich grinsend. »Wollte mal sehen, wie es auf meiner alten Heimatinsel so geht.«

»Verdammt«, sagte er. »Sie sind der erste Andros auf Andros!«

»Abgesehen von Sir Edmund, nach dem die Insel benannt ist«, meinte ich spöttisch.

»Hier werden Sie Ihre Lederjacke kaum brauchen«, entgegnete er ebenso spöttisch. Ich hatte sie schon ausgezogen und über die Schulter gehängt; nun erstrahlte ich in meinem weißen T-Shirt, unter dem sich die Nippel abzeichneten. Ich musterte den Mann. Er sah nicht schlecht aus und hatte ordentliche Brustmuskeln. Seine Nase war einmal gebrochen gewesen, das blonde Haar war fast weiß gebleicht.

»Das ist mir klar«, stellte ich fest. »Ein heißer Platz.«

Er hob eine Augenbraue und betrachtete mich eingehend. »Ich heiße Kenny«, sagte er.

»Meinen Namen kennen Sie ja«, antwortete ich. »Ist hier in der Gegend was los?«

»Nur, wenn Sie selbst was unternehmen«, sagte er nach kurzer Überlegung und lächelte leicht. Nach seinem Akzent zu schließen, war er wohl doch Amerikaner. Klingt ein wenig nach Florida, dachte ich. Wahrscheinlich ein Clubmitglied.

»Woher kommen Sie?« fragte ich und unterschrieb das Anmeldeformular.

»Aus Florida«, antwortete er und blickte auf das Papier. »Ah, Berkeley – da war ich auch mal.«

Aber er war wieder gegangen und lebte seit sechs Monaten auf Andros. »Was machen Sie?« fragte er.

Ich grinste: »Sextherapeut und Berater«.

»Ich gebe Ihnen Cottage drei«, sagte er. »Es wird Ihnen gefallen. Schöner Blick auf den Strand und alles, was dort läuft. Wir haben zur Zeit wenig Gäste, ungefähr zwanzig.«

»Was für Leute?« fragte ich.

»Sympathisch«, meinte er. »Reich. Die meisten schon älter oder verheiratet. Sie tauchen oft. Tauchen Sie auch?«

»Ich schnorchle ein bißchen«, sagte ich.

»Dann sind Sie hier richtig. Unter Wasser ist es herrlich.«

»Über Wasser auch, wie ich sehe.« Der halbmondförmige Strand reichte bis zum Horizont; er glitzerte weiß und verlor sich im blauen Wasser und im dunkelblauen, wolkenlosen Himmel. Ich hatte das Gefühl, daß ich meinen Urlaub genießen würde.

Das Zimmer war großartig; selbstverständlich war es mit einer Klimaanlage ausgestattet und mit roten und braunen Vorhängen und Bettdecken dekoriert. Das Bad war hellgrün gekachelt, und eine gläserne Schiebetür führte auf eine kleine, sonnige Veranda. Die Wandbehänge und ein paar Kissen waren einheimische Batik, wie ich später erfuhr. Alles sah bunt und exotisch aus, gerade recht auf den Bahamas, aber vielleicht ein wenig zu elegant für einen Stricher.

Die nächsten zwei Tage verbrachte ich damit, die anderen Gäste kennenzulernen. Es waren nur Durchschnittstypen: ein britischer Offizier und seine langhaarige Frau, beide über fünfzig; ein älterer Säufer, der immerzu vom zweiten Weltkrieg erzählte; der Manager und seine Gattin, dick und wohlhabend. Und alle hatten eine lederne, dunkelbraune Haut und weiße Falten um die zusammengekniffenen Augen herum, besonders der Strandgutsammler, der vor acht Jahren gekommen und geblieben war. Die einzige Ausnahme war die Lehrerin aus Vermont, die einen Sonnenschirm trug und die Sonne nie an ihr Gesicht heran ließ. Die anderen würden in ein paar Jahren zum Segen einiger Dermatologen werden.

Ich schnorchelte ein wenig. Es machte großen Spaß, und das Wasser war fast lauwarm, außer am Riff und in der sogenannten »Zunge des Ozeans«, wo die Temperatur plötzlich eisig wurde. Die Korallen wuchsen in leuchtenden grünen, roten, gelben und weißen Feldern und waren im kristallklaren Wasser gut sichtbar. Wenn man das Seegras erforschte, das am Meeresgrund wogte, und hinauf blickte, schimmerte die Wasseroberfläche wie geschmolzenes Silber. Wunderschön.

Ich legte mich an den Strand und war nach zwei Tagen fast schwarz. Meine griechische Haut nahm rasch den Braunton an, den ich so mochte. In der zweiten Nacht besuchte mich Kenny. Er kam, während ich mich von einem zu üppigen Mahl erholte (sämige Fischsuppe mit Meerschnecken, Hummer, heiße Maiskuchen). Er hatte eine Flasche Gin in der Hand.

»Wie wär's mit 'nem Drink?« fragte er mit ziemlich schwerer Zunge. Offenbar hatte er sich schon einige Drinks genehmigt.

»Gute Idee«, antwortete ich und holte Gläser und Eiswürfel aus dem kleinen Kühlschrank.

»Verdammt«, sagte er und stützte sich mit einem Ellbogen auf dem Bett ab. »Sie werden ja unglaublich schnell dunkel. Übrigens haben wir einen umzäunten Platz, wo Sie nahtlos bräunen können.«

»Nein, danke«, meinte ich. »Ich mag den Kontrast in der Mitte. So sieht man, wie braun ich bin. Das finde ich sexy.«

»Sie sind wirklich sexy«, stellte er fest. Dann fügte er mit der Weisheit eines Portiers hinzu: »Sie sind Stricher?«

Ich machte eine vage Handbewegung. »Gewesen«, sagte ich. »Jetzt mache ich Urlaub.«

»Aha«, machte er. »Ich möchte gefickt werden. Wissen Sie was – ich hab nicht viel Kohle, aber ich kann es so einrichten, daß Sie einen Tag länger blieben dürfen.«

Ich hatte zwar keine große Lust, aber das kommt in meinem Beruf nun mal vor. »Einverstanden«, meinte ich und zog mein weißes T-Shirt aus. Er fuhr mit der Zunge über die Oberlippe. »Verdammt«, sagte er, »Sie sind aber gut gebaut. Trainieren Sie viel?«

»Ich ficke«, sagte ich. »Das ist gut für den Rücken und die Schultern, und es hilft auch den Armen und Beinen.« Ich nahm mein Glas und trank es halb leer. Der Gin war gut und aromatisch. Er brannte einen heißen, kleinen Pfad durch die Speiseröhre in den Magen, wo er sich verlor.

»Okay, Baby«, sagte ich, schlug das Bett auf und öffnete Gürtel und Reißverschluß. »Packen wir's an.« Ich griff nach der kleinen Dose Cold Cream und wog sie in der Hand. Dann schlüpfte ich aus der Hose und aus den Sandalen, die ich überall trug. Auf Andros Island verzichtete man auf Förmlichkeiten.

Er stand etwas schwankend auf und zog sich aus, wobei er beinahe das Gleichgewicht verlor, als er versuchte, ein Bein zu heben, um die Hose abzustreifen. »Bin wohl ein bißchen blau«, kicherte er. Er hatte einen schlanken, drahtigen Körper ohne weiße Streifen. Sein Schwanz war hart und ziemlich groß. Überall wuchsen blonde Haare, besonders dicht auf den Schenkeln. Im Licht der einzigen Lampe glühte er ein wenig an den Rändern.

»Wie willst du's haben?« fragte ich, legte eine Hand auf meinen Schwanz und streichelte ihn.

»Ich beuge mich übers Bett«, antwortete er, und du stehst. Aber bitte dreh den Spiegel an der Badezimmertür, ja?«

»Wie?«

»So daß ich dich von hier aus beobachten kann«, sagte er.

Wäre nett, mir selber zuzusehen, dachte ich und öffnete die Tür. »Ist es so richtig?« fragte ich.

»Ein paar Zentimeter mehr«, sagte er. »So ist's gut.«

Ich ging mit einem Handtuch zurück zum Bett, schmierte einen Fingervoll Creme auf die Spalte vor mir und wollte anfangen. Er zuckte schon bei der ersten Berührung zusammen.

»Keine Sorge«, sagte er. »Bin schon eine Weile nicht mehr gefickt worden, und du bist ganz schön groß.«

Ich spürte sein warmes Loch an der Eichel, vermischt mit der kühlen, noch nicht ganz geschmolzenen Creme. Dann übernahmen meine Reflexe das Kommando, und ich begann zu träumen. Ich schloß die Augen halb, so daß ich das Zimmer und Kennys Körper nicht mehr sah, abgesehen von der braunen Spalte vor mir und den dunkleren Haaren, die das Himmelstor umringten. Langsam schob ich die Eichel hinein, spürte den starken Widerstand des Schließmuskels, wartete einen Moment und machte dann mit einem Dutzend kleinen Stößen weiter. Als ich hinunter schaute, sah ich die dicke Säule meines Schwanzes im trüben Licht schimmern, während ich allmählich eindrang, immer weiter, bis ich die Lenden an sein heißes Fleisch preßte. Dann zog ich mich ein klein wenig zurück, schaute zu, wie der glitzernde Schaft wieder sichtbar und immer länger wurde, bis er die Höhle beinahe ganz verlassen hatte. Nun folgte wieder ein langsamer Stoß.

Er hatte leise zu wimmern begonnen. Es war fast ein Stöhnen, in dem ich ab und zu ein paar Worte zu erkennen glaubte: »Fick mich, oh, fick mich ...« Es war eine leise, bittende und flehende Litanei, in die sich später ein anderer Ton einschlich – eine Folge der Lust, die er empfand. Ich spreizte die Beine und beugte die Knie. Mir machte es ebenfalls Spaß. Ich spürte die glitschige Nässe des Tunnels, der meinen Schwanz zusammendrückte wie eine warme Hand. Nach und nach schloß ich die Augen ganz und preßte sie fest zu, bis grüne und rote Lichter in der Schwärze vor den Lidern funkelten. Soldaten und Matrosen und Polizisten drangen auf mich ein. Es waren Dutzende, und sie griffen nach mir und befummelten mich. Ich leckte ihnen die Füße und die Stiefel, und schließlich verkrampfte sich mein ganzer Körper, und winzige Glühwürmchen tauchten aus der Dunkelheit auf und tanzten auf meinen Schultern und auf meinen pumpenden Hüften. Dann sammelten sie sich plötzlich und explodierten in mir, und ich spürte nur noch meinen Schwanz und den unerträglichen Wirbelwind namens Orgasmus, der in mir tobte. Gleichzeitig spürte ich, daß auch Kenny abspritzte, denn seine Muskeln verkrampften sich um meinen Schwanz. Ich brach auf ihm zusammen und langte nach unten – sein Handteller war naß von seinem eigenen Saft.

So blieben wir eine Weile liegen. Schweiß lief mir über die Rippen, tropfte aus den Achselhöhlen und kühlte sich auf seiner Haut ab. Als er ein wenig zappelte, zog ich mich langsam zurück und harrte der großen, unvergeßlichen Worte aus seinem Munde.

»Allmächtiger«, stöhnte er. »Das war toll!«

Am folgenden Nachmittag zog ich meinen knappsten Slip an – den schwarzen – und machte einen Erkundungsspaziergang. Ich ging die lange, halbmondförmige Kurve aus weißem, glitzerndem Sand entlang. Andros war eine tiefliegende Insel mit Buchten, die weit in den dichten Tropenwald hinein reichten, der noch nicht vollständig erforscht war, wie ich von Kenny erfuhr. Die Hütten der Eingeborenen standen auf der anderen Seite. Nun ja, es waren eigentlich kleine, solide Häuser aus einheimischem Kalkstein und Korallen, die den Wirbelstürmen aus der Karibik standhielten. Es war eine zerklüftete Insel mit Gestrüpp und Mangroven, in denen vor Jahren noch zahllose Flamingos gehaust hatten, bis die jungen, tieffliegenden Piloten der Luftwaffe, die während des zweiten Weltkrieges hier ausgebildet wurden, sie alle vertrieben.

Aber ich war hier, um meine Seele wieder ins Gleichgewicht zu bringen, nicht um einen Artikel für National Geographic zu schreiben. Ich ging barfuß im warmen, sinnlichen Sand, schaute den sich kräuselnden Wellen zu und spürte die Sonne lüstern auf meinem Körper. Ich ging ungefähr drei Kilometer, schaute zurück und sah niemanden. Also zog ich mein winziges Höschen aus und ließ mich im heißen Sand nieder.

Alles war still, abgesehen vom leisen Plätschern der niedrigen Wellen und dem gelegentlichen Schrei eines Vogels weit drinnen im Wald, der den Strand säumte. Obwohl die Sonne, die sanfte Brise und die Brandung mich schläfrig machten, hatte ich noch genug Verstand, um ein Handtuch auf meinen Schoß zu legen, damit die Wurzel allen Übels nicht verbrannte.

Ich lag mit geschlossenen Augen da und wäre fast eingeschlafen, als ich plötzlich ein seltsames Geräusch aus dem Ozean hörte. Das sachte Rauschen der Wellen wurde von stapfenden Schritten überlagert. Ich öffnete die Augen.

Es war ein Mann, der aus dem Wasser stieg. Er hob die Füße an und setzte sie mit lautem Platschen wieder senkrecht ins Wasser. Er war etwa sechs Meter entfernt und schaute nicht in meine Richtung. Mein altes griechisches Hirn, das allerlei Mythologie aufgesogen hatte und nun an meine Herkunft dachte, konnte sich an keinen romantischen Helden erinnern, der aus dem Meer gestiegen war – weder Apollon noch Adonis. Und er sah gewiß nicht wie Aphrodite aus, denn er war nackt, und das Ding, das beim Gehen faul hin und her baumelte und leicht an die Oberschenkel klatschte, hätte möglicherweise den Neid der Liebesgöttin erregt; aber es gehörte bestimmt nicht ihr. Er war offenbar noch jung, etwa Anfang zwanzig.

Plötzlich war ich heftig und rettungslos verliebt ... oder von Lust überwältigt. Ich weiß nicht, ob es an seinem Aussehen lag, oder ob er eine magnetische Wirkung ausübte; jedenfalls war ich sofort von ihm hingerissen. Er war nicht sehr groß, vielleicht nicht ganz so groß wie ich, aber alles an ihm schien vollkommen zu sein. Das Gesicht hatte klassische Züge – eine breite, glatte Stirn, gerade schwarze Augenbrauen, die sich an den Enden hinab zu den Wangenknochen neigten, eine gerade Nase über sinnlichen, geschwungenen Lippen, die das Wasser tiefrot gefärbt hatte. Sein Körper könnte Leonardo als Modell für den perfekt proportionierten Menschen gedient haben – die Gestalt mit den ausgestreckten Armen im Kreis. Es war ein Körper, der Michelangelo veranlaßt hätte, den Meisel wegzulegen und einen Schritt zurückzutreten, um das

Wunder zu bestaunen. Die Schultern waren breit, die Brustmuskeln strotzten vor Kraft, und auf den Unterarmen wuchsen dunkle Haare, die jetzt naß waren und in eine Richtung flossen. Als sein Körper weiter aus dem silbernen Wasser auftauchte, sah ich, daß die Haare an den Beinen dieselbe Richtung eingeschlagen hatten – es war, als trage er ein geripptes und gemustertes Kleidungsstück. Apropos Magnetismus ... die Luft in seiner Umgebung knisterte vor Elektrizität und Sex.

Er hob eine Hand und kam lächelnd auf mich zu. »Hallo«, sagte er, und sein Lächeln wurde breiter. Unwillkürlich zog ich das Handtuch über meinem Schoß ein wenig zurecht. »Ich heiße Andy.« Er streckte die Hand aus.

Ich schüttelte sie. »Phil Andros«, sagte ich. Sein Händedruck war kräftig.

»Oh«, meinte er. »Kenny hat mir von Ihnen erzählt. Ich bin vorigen Abend gekommen, und er redete von Ihrem Namen. Er sagte, die ganze Insel wisse inzwischen davon, sogar die Eingeborenen. Einer von ihnen sagte, sie seien der große weiße Göttervater, der endlich heimgekehrt sei.«

Mir blieb nichts anderes übrig, als zu lachen. »Ich hatte keine Ahnung, daß ich für soviel Gesprächsstoff sorge«, sagte ich. Dann fügte ich hinzu: »Sie sind Brite, nicht wahr?«

»Ja«, meinte er. Mein Gott – diese weißen, weißen Zähne!

»Waren Sie schon einmal hier?« erkundigte ich mich.

»O ja, ein paarmal. Es gefällt mir hier sehr – ruhig, friedlich. Hier kann man der Welt wirklich entfliehen und trotzdem mitten in ihr sein.«

Er schaute hinaus auf das grenzenlose Meer; dann legte er sich neben mich. »Darf ich?« fragte er lächelnd.

»Selbstverständlich«, antwortete ich und fiel in eine Art britischen Akzent. Das passiert mir immer wieder. Kaum ist ein Engländer oder Franzose oder was auch immer in der Nähe, parodiere ich fast seine Aussprache. Ich konnte die Augen nicht von seinem Gesicht abwenden. Die Träume, die mein Geist sich auszumalen begann, spiegelten sich allmählich in meinem Schwanz unter dem Handtuch wider.

Er seufzte tief und ließ sich in den Sand sinken. »Gott sei Dank sind keine Mädchen in der Nähe«, sagte er.

Ich wußte nicht genau, wie ich das verstehen sollte – sagte er es, weil wir beide nackt waren?

»Haben Sie viel Ärger mit ihnen?« fragte ich.

»Manchmal schon«, gab er zu. »Und Sie?«

»Überhaupt nicht«, versicherte ich.

»Kenny sagte, Sie seien Sextherapeut.«

Ich steckte die Zungenspitze in die Wange. »Ich kann Schwellungen aller Art beseitigen. Im Gehirn und anderswo.«

Er lachte ein wenig, schaufelte etwas Sand und ließ ihn zu Boden rieseln. »Ich glaube, ich bin bisexuell«, sagte er.

»Nicht ungewöhnlich«, meinte ich und fuhr mit der Zungenspitze über die Lippen, die sehr trocken geworden waren.

»Es ist schon eine ganze Weile her, seit ich mit einem Mann im Bett war«, stellte er fest. »Hätten Sie Lust, es nach dem Essen zu probieren?«

In einem der Täler meines Gehirns mußte jemand ein Feuerwerk gezündet haben. »Klar«, sagte ich. »Hier ist abends nicht viel los.« Das ging sogar für mich ein bißchen schnell!

»Was machen Sie?« fragte ich.

Er sah mich verständnislos an.

»Beruflich, meine ich«, erklärte ich.

»Ich lebe einfach«, entgegnete er lächelnd.

»In London?« Er nickte. »Und wo?« Er zuckte mit den Schultern. »Ich habe mehrere Wohnungen.«

Er war also reich. Wir plauderten noch ein wenig und gingen dann zu unseren Cottages zurück. Er hatte das neben mir – Nummer vier.

Ich war ganz benommen, als ich die Tür schloß und zur Duschkabine ging. Was zum Teufel war mit mir los? Es kam verdammt selten vor, daß ich eine so tiefe Zuneigung empfand ... vielleicht auch Liebe. Da war Kenny, der Bauernbursche in Illinois, Greg Wolfson, der Cop in San Francisco und zwei oder drei andere. Aber dieser hier machte mich schwindlig. Entweder war ich in ihn verknallt oder von ihm besessen. Und obendrein hatte ich das unangenehme Gefühl, daß ich ihn schon einmal gesehen hatte. Vielleicht gehörte er zu diesen anonymen Gesichtern, die man auf der Filmleinwand in der Menge sieht – so perfekt, so attraktiv, daß einem der Atem stockt; und natürlich erfährt man nie, wer es ist, und sieht ihn nie wieder. Ich hatte meine Gefühle viele Jahre lang ziemlich gut im Griff gehabt, weil ich keine Lust hatte, mich zu verlieben. Ein Stricher kann sich das einfach nicht leisten. Er hat Zeit genug, um mit vierzig einen Partner zu suchen und häuslich zu werden – falls ihn in diesem Alter noch jemand haben will.

Nach dem Duschen legte ich mich nackt aufs Bett und fuhr mit der Hand durch die Haare auf meiner Brust. Er hatte feine Härchen auf der Brust, die ihm ausgezeichnet standen. Ich betrachtete meinen jetzt dreiunddreißigjährigen Körper. Gar nicht so schlecht, dachte ich. Der Bauch bildete sogar eine Mulde – nun ja, im Liegen. Ich stand auf und stellte mich vor den Spiegel. Wirklich nicht schlecht. Nur das Gesicht sah etwas härter aus, und die Nippel bogen sich nach unten. Sie waren immer noch lang, aber der Winkel hatte sich geändert. Die Füße waren in Ordnung, die Waden auch. Auf den Zehen wuchsen Haare, und die zweite Zehe war länger als die erste, wie bei den antiken Statuen. Auch die Schenkel sahen gut aus, und mein bestes Stück ragte immer noch vor. Von der Seite betrachtet, war der Hintern immer noch straff, die Brustmuskeln fest und die Oberarme kräftiger denn je. Die Haut war glatt. Ich strich mit der Hand über den Rumpf und war nicht unzufrieden.

Er wollte in einer Stunde kommen und eine Flasche Gin mitbringen. Gin war immer eine große Hilfe. Ich legte mich wieder aufs Bett und dachte über ihn nach. Draußen murmelte die Brandung, und eine duftende Brise kühlte das Zimmer. Romantik unter dem Mond und unter den Sternen – zum erstenmal seit Jahren. Wieder sah ich seinen Körper vor Augen – jede Sehne, jeden Muskel, jede Wölbung und jede Mulde im Nacken, am Hals, auf der Brust, an den Beinen. Selbst seine Achselhöhlen waren vollkommen. Ich wollte meinen Mund darin vergraben. Aber ist der Geliebte in den Augen des

Verliebten nicht immer perfekt? Mein Zynismus redete mir ein, daß mich in ein paar Wochen einiges an ihm stören würde – wie er seine Zigarette ausdrückte, wie er die Socken anzog, wie er beim Rasieren dastand ... Jetzt phantasierte ich schon von einem ganzen Leben mit ihm, obwohl ich wußte, daß ich mich glücklich schätzen durfte, eine einzige Nacht mit ihm zu verbringen!

Jemand klopfte eher zaghaft an die Tür. Es war Andy. Er grinste breit und hielt eine Flasche Gin am Hals. Sofort zog er seinen braunen Bademantel aus und war nackt wie ich.

»Komme ich zu früh?« fragte er in seinem rauhen Bariton.

»Eigentlich kommst du zu spät. Ich habe die Fingernägel schon bis aufs Fleisch abgekaut.«

»Natürlich«, entgegnete er spöttisch.

»Einen Moment noch, Kumpel«, sagte ich. »Bevor wir anfangen, möchte ich zu gerne wissen, wo ich dich schon einmal gesehen habe.«

»Ich habe ein Durchschnittsgesicht«, meinte er. Das aus dem Munde von Adonis!

»Das stimmt nicht so ganz«, sagte ich und verschränkte die Arme vor der Brust. »Ich weiß, daß ich dich schon mal gesehen habe.«

Er schwieg lange. Dann fragte er: »Wirst du den Mund halten, wenn ich es dir sage?«

»Ehrenwort«, versprach ich.

Er räusperte sich. »Wahrscheinlich hast du mich an Bord der *Intrepid* gesehen«, sagte er langsam.

»Du bist Matrose?« fragte ich verblüfft.

»Royal Naval Air«, antwortete er.

Ich kapierte immer noch nicht. »Ich habe den Falklandkrieg genau verfolgt«, sagte ich.

»Vielleicht hast du mich auch rechts neben dem Altar gesehen.« Eine lange Pause folgte. »Bei der Hochzeit von Prinz Charles.«

Eine Gänsehaut huschte über meinen ganzen Körper. Ich war so scharf auf ihn, daß mein Schwanz ein Stück gestiegen war, aber nach dieser Enthüllung erschlaffte er sofort. Benommen setzte ich mich aufs Bett. Ein Meteor hatte mich getroffen, und das Licht blendete mich. Ich betrachtete ihn genau – das ordentlich gekämmte schwarze Haar, den üppigen Mund, den herrlichen Körper. Seltsamerweise blieb mein Blick an den Härchen auf seiner Brust hängen. »Andy!« sagte ich. Mein Mund war völlig trocken. »Prinz Andrew!«

Er zuckte mit den Schultern.

»Allmächtiger!« brachte ich hervor. »Randy Andy. Alle reden davon.«

Wieder hob er die Schultern. »Ich bin drei- oder viermal im Jahr inkognito hier, wenn ich kann«, erklärte er. »Bitte sag es niemandem.«

Ich schüttelte den Kopf. »Natürlich nicht. Stricher tun das nie.«

Ich kniete vor ihm nieder. Er legte seine starken Hände sanft auf meinen Kopf und streichelte dann mit einer Hand meinen Hals. Ich nahm seinen Schwanz in den Mund und wandte alle Kama-Sutra-Tricks an, die ich kannte – das Knabbern, das Einsaugen, das Küssen und das Lecken des Schafts, das züngeln um die Eichel, die Zunge in der kleinen Öffnung ... alles, alles, was ich während meiner Laufbahn als Stricher gelernt hatte. Dann schob ich ihn aufs Bett und gab ihm ein Zungenbad. Ich lutschte seine Zehen, umzüngelte sie in Form einer Acht und nahm seine beiden langen Zehen gleichzeitig in den Mund. Ich war wie von Sinnen. Er stöhnte und wand und krümmte sich ein wenig, und schließlich legte er die Hand sanft auf meinen Rücken und drehte mich um. Er fummelte in der Schublade des Nachttischs herum, und dann spürte ich die kühle Creme und hörte ein leises, gleitendes Geräusch, als er seinen Schwanz einschmierte. Dann lag ich ruhig auf dem Rücken, erobert, gefickt von einem Prinzen. Er kniete zwischen meinen gespreizten Beinen und schob seinen Schwanz hinein, erst ein Stückchen, dann immer weiter. Er was sanft und aggressiv zugleich. Ich mußte mir ein paarmal auf die Lippen beißen, und mein Rücken war schweißnaß. Aber das war mir egal. Es war großartig.

Nach einer Weile wurden seine Stöße schneller und tiefer, und ich hob die Hüften, um ihm entgegenzukommen. Er wußte, wie man fickt, und er traf meine Lustdrüse bei jedem Stoß und schickte mich ins Wunderland, wo ich in ein Kaninchenloch fiel und von einem Zauberpilz aß, der meinen Schwanz riesengroß anschwellen ließ. Vor den zusammengepreßten Augenlidern sah ich Ritter in ihrer Rüstung, explodierende Novae und Galaxien – und dann bespritzte ich die androsianische Batik von oben bis unten. Er schoß seine Ladung fast gleichzeitig ab, und sein Schwanz verkrampfte sich bei jedem Ausstoß.

Dann lagen wir stumm nebeneinander, Bauch an Rücken, und erholten uns von unserem kleinen Tod, wie die Franzosen sagen.

»Andy«, sagte ich, »Prinz oder nicht – ich werde dich küssen.« Ich zog seinen Kopf nach unten. Er öffnete den Mund, und unsere Zungen duellierten sich etwa drei Minuten lang, fochten kleine Kämpfe ohne Sieger aus, und gingen dann zu einem sanften Liebkosen über, warm und leidenschaftlich.

Als wir uns voneinander losrissen, flüsterte er: »Mein Wort darauf – du mußt der Beste auf deinem Gebiet sein. Hoffentlich können wir uns sehen, wenn ich das nächste Mal in den Staaten bin. Oder vielleicht treffen wir uns hier auf Andros. Würdest du mir deine Adresse geben?«

Ich gab sie ihm, und er gab mir seine – ein Postfach in London.

»Morgen früh muß ich abreisen«, sagte er.

»Mein Gott«, stöhnte ich und kniete vor ihm nieder. »Aber nicht, bevor ich dir gehuldigt habe.« Ich legte die Wange an seine Schamhaare und leckte sie mit der Zunge ab. »Mein Herr und Gebieter«, murmelte ich, ein Ritter vor seinem König.

Mann, was war ich für ein Romantiker!

Er zog mich auf die Füße und legte die wohlgeformten Arme und mich. »Wir sehen uns wieder«, sagte er. »Ich verspreche es.«

»Ich hoffe es«, betete ich.

Am nächsten Morgen ging ich gegen neun Uhr an den Schalter.

»Ist Andy schon weg?« fragte ich Kenny.

»Um fünf Uhr«, sagte er. »Hast du den Hubschrauber nicht gehört?«

»Nein«, entgegnete ich. »Ich hatte keine Ahnung, daß er ein Prinz ist. Randy Andy.«

»Ist er nicht«, sagte Kenny. »Er ist sein Doppelgänger. Die Familie bezahlt ihn dafür, daß er Prinz Andrew doubelt. Aber er heißt wirklich Andrew Windsor. Außerdem ist er Model. Aber ich glaube, die Königsfamilie läßt ihn fallen und verklagt ihn sogar. Es gefällt ihr nicht, sein Gesicht auf allen Keksdosen in England zu sehen.«

Mein Gesicht war bestimmt rot angelaufen, aber ich lächelte. »Na ja«, meinte ich, »wenn man ihn feuert, kriegt er leicht einen Job in New York. Dort ist man nicht so pingelig, und man wäre bestimmt froh, einen so gut aussehenden Burschen als Model zu bekommen.«

»Ich hab ihn einmal gehabt«, sagte Kenny. »Er ist sehr wählerisch. Du hast gestern Abend Glück gehabt. Ich habe ein paarmal versucht, seine Adresse zu bekommen, aber ich schaffte es nicht. Er ist sehr zurückhaltend.«

»Tja, ich hab sie«, gab ich an. »Und ich glaube, es gehört mehr als Glück dazu.«

»Was zum Beispiel?« fragte Kenny eingeschnappt.

Ich grinste ihn freundlich an und legte die Hand auf meinen Schwanz. »Das da«, sagte ich und ging hinaus. Eine Weile war ich wütend; aber dann dachte ich darüber nach. Vielleicht hatte Kenny gelogen, vielleicht nicht. Auf jeden Fall war es ein geiles Erlebnis gewesen, und selbst wenn er kein Prinz war, hatte er mich doch königlich gefickt.

ECCO NARCISSUS!

Wie langstielige schwarze Tulpen versammeln sich die Motorradfahrer in Doc's Place, und wenn der Raum warm und voll ist, liegt der Geruch des Leders stark und erregend in der Luft. Sie tragen schwarze Jacken, große, schwere Handschuhe und schwarze Hosen. Sobald sie ankommen, ist es für »Zivilisten« zu spät. Man muß früher da sein als sie.

Ich war früher da und schon blau. Ein dünner, leuchtender Dunst stieg von meinem Glas auf und trieb durch den Raum. Ich konnte die Augen nicht mehr scharf einstellen. Die Luft war dick vom bittersüßen Moschusgeruch des Leders. Der Barhocker drehte sich wie ein langsames Karussell. Gesichter segelten vorbei, Körper wuchsen aus dem Boden – lange schwarze Beine, glänzende Gürtelschnallen, schimmernde Visiere wie in einem surrealistischen Traum oder in einem Haschisch-Alptraum. Lichtfunken, der Lärm der bunt schillernden Musikbox, drängelnde Ellbogen, Rippenstöße, eine Hand auf dem Arm, ein lederner Knieschützer wuchs und wuchs, bis er den ganzen Raum füllte ... Mann, war ich besoffen!

Eine große schwarze Gestalt schwamm auf mich zu. Seine Augen (nein, es war die Schutzbrille!) hatte er hinauf auf den engen Helm geschoben. Er packte mich an den Armen. »Ich bring dich nach Hause«, sagte er. »Nee, wir gehen zu Fuß.«

Die frische Herbstluft, die Gehsteige – wohin gingen wir? Wir fanden das Apartment, und dann war er an der Reihe. Er öffnete die Flaschen und probierte alle. Ich plumpste aufs Bett, und er ging ins Bad, in mein Bad mit den rosa Lampen, den Wänden mit den hohen Spiegeln, die ein Dreieck bildeten, so daß man alles sah: den Rücken, die Vorderseite, die

Seiten, einfach alles, alles gleichzeitig – zuviel. Tausend Spiegelbilder verschwammen in der Ferne, tausend hoben den Finger, und im rosigen Dämmerlicht verbargen sich dunkle Schatten und beobachteten.

Der langsame Malstrom meines Bettes nahm mich auf, der Wirbel drehte sich bedächtig, Lichter blinkten, Farben kamen und gingen, und leise Musik – jetzt laut, dann pianissimo – erklang in meinem geheimen Ohr. Das Bett fuhr im quadratischen Zimmer mit mir im Kreis herum.

»Komm ins Bett!« rief ich und richtete mich halb auf. »Eine Minute«, rief er zurück. Ich taumelte an die Tür des Bades und guckte durch den Spalt. Er stand nackt da und streichelte mit einer Hand die Schulter. Dabei starrte er in die Spiegel und beobachtete die tausend großen, elfenbeinfarbenen Gestalten, die ebenfalls ihre Schulter streichelten, ihre Schenkel, ihren flachen Bauch. Sie posierten, drehten sich, zeigten ihr Profil. Die rosa Lampe webte ein Muster aus Licht und Schatten, wunderschön ...

Ich wankte zurück zum Bett, und der langsame Wirbel nahm mich auf. Rote Mohnblüten erfüllten die Luft mit ihrem einschläfernden Duft, und irgendwo hörte ich einen Klang wie von einer Kristallglocke.

Dann kam die Dämmerung. Durch die schwarzen Vorhänge sickerte ein schmaler Streifen kühles graues Licht. Ich lauschte und fuhr mit der Zunge über die trockenen Lippen. Das rosa Licht war noch da, und ich hörte ein leises Rascheln, ein Wichsen. Wieder taumelte ich zur Tür und schaute hinein.

Das Fenster stand ein wenig offen, und eine sanfte Brise wehte herein; sie raschelte mit den grünen Blättern einer riesigen Blume, die aus dem Mosaik des Fußbodens wuchs und bis zur Decke reichte. Der schlanke Stengel wiegte sich, der Blütenkelch neigte sich. Der süße Geruch überwältigte mich. »Tom!« rief ich und öffnete die Tür.

Nichts, nichts – nur das sanfte Rascheln der spitzen Blätter, die den Stiel liebkosten, das Flüstern der weißen Blüten, die sich ganz leise drehten, papierdünn, traurig-süß. Und in den stummen Spiegeln bückten sich tausend milchweiße Narzissen.

Oh, wie meine Freunde mich beneiden! Jetzt kommen sie jede Nacht zu mir, um meine Wunderblume zu sehen! Sie ist so anspruchslos – ein bißchen Wasser einmal am Tag genügt. Der Duft ... als tropfe Nektar aus dem Himmel in den Raum!

Ich bin so glücklich mit meiner Blume, ich pflege sie, liebe sie (die Jagdzeit ist vorbei), streichle ihren Stiel, pflücke die Blütenblätter, atme den Duft des Kelches ein, und nachts (das ist ein Geheimnis!) schlüpft sie oft zu mir ins Bett, wickelt ihre Ranken sanft um meinen Körper, fesselt meine Arme an die Seiten und meine Beine ans Bett – fast wie Strapse mit breiten Gurten. Und ich liege in der sanften Umarmung meiner Blume, wohl wissend, daß es kein Entkommen gibt, denn ich halte sie fest und sie hält mich fest. Das breite Fenster ist mit Ziegelsteinen zugewachsen, so daß mein Tom mich nie verlassen kann.